柴田典昭歌集

SUNAGOYA SHOBŌ

現代短歌文庫

砂子屋書房

柴田典昭歌集☆目次

『樹下逍遥』（全篇）

『パッサカリア』（抄）

解説

柴田典昭歌集

『樹下逍遙』（全篇）

I

樹下の明るさ

嘲笑を聞き入れざりし強さゆゑ日曜画家を超えしかルソーは

遠近法あるいは写実なきゆゑに呪物にぎはふルソーの絵画

泣きながら犬の骸を埋めしこと覆《おほ》ひ隠して棕櫚の葉さやぐ

疎ましと親を思ひしよすがなりき少年少女文学全集

麦の穂の青きを挿せる瓶ひとつ枕べにありて幼な子笑まふ

亡き父のいまはの笑みと幼な子の洩らしそめたる笑み通ひあふ

遠州の砂地にふさふ春来たり玉葱畑の青き陽のかげ

亡き父の遺品片づけ広げたるスペースにわが本溜まりゆく

朝よりプラスチックのがらがらにはしやぐこの子の父なりわれは

母を呼ぶ赤子の喚《をめ》き止みたればかすかに聞こゆ山鳩の声

亡き父も揃ひて写れる一葉の記憶のありて樹下の明るし

鳴り止まぬ拍手聞きつつステレオのかなたの熱狂やうやく寂し

夕暮れの書店に集ひ一冊の本選ることに安らぐ者ら

鮒を釣り鮒を戻して老い人の昨日と同じき薄暮を帰る

擦れ違ひざまに吠え合ふ犬と犬繋がることしばし忘れて

夜の更けを帰れば等しき間隔にわが家《や》に導きくるる街灯

雉子のこゑ雲雀のこゑのただなかに廃車の山は崩れむともせず

潮見坂鳶舞ひゐたり四百年前の蒼さも見きと啼きつつ

軽ければ軽きほどよし食パンに朝のひかりを
薄く引くとき

幾春を花咲き乱れたる家《いへ》のある日均され水溜
まりをり

子を持ちてわが知り得たりミルク缶歌集一冊
価《あたひ》等しき

この世へと続く螺旋のきざはしの帯なす中を
蝌蚪はひしめく

歯を磨く妻しまらくをほほゑみて鏡の中に童
女となれり

箱の上に立ちたるティッシュの薄紙の危うげ
にして崩れぬ日々か

獅子のたてがみ

蜂は吸ひ鳥は啄み生きるかな赤子は乳房にむ
しやぶりつくよ

はつ夏の風が木立を渡るとき見え隠れする獅
子のたてがみ

採点をなしつつ知れる人の性格《さが》錯誤に入りゆく心の経緯

入り口の扉も紫煙もなきトイレときをり涼しく水音《みのと》が響く

みづからの物はみづから守るべく教室の壁に吊す雨傘

水鳥の跡の乱るる沼となる雨やまぬ日の廊下に佇む

苛立ちと悪意の匂ひ残しつつ紋切型に放送途切るる

消灯を忘るる教室青白くはねたる舞台のあと見るごとし

照り返し強き舗装路おのが身の在り処を求め蛇くねりゆく

氾濫を欲する心を潤ませていま砂浜を走りゆく波

箱船となりて漂ふわが自動車《くるま》幼な子神話に揺らぎに眠る

ただよへる気配さながら言葉とし幼な子神話を生みつつあらむ

梅雨晴れの空に太古の響きあり洗濯の渦遠き
潮騒

部屋部屋にセピアの匂ひ立ちこめて赤錆色の
長雨やまず

赤錆は廃車の山より滲み出で天の錆なる紫陽
花開く

過ぎし日の希《ねが》ひあまたを連ねつつ朝ごと過ぐ
るブルートレイン

コンテナの暗闇深きに封じられ過ぎ行く時代
音を立てつつ

峠路を越ゆれば青田丹精の人のいとなみ照ら
せるひかり

天の鞦韆

音立てて驟雨過ぎゆき街路樹に響かふ余韻鳥
なきやまぬ

カーテンの揺らめく見つつ思ふなりふたたび
会へざる人多きこと

疲れたるわが身さながら吊し置く思ひに見入るわれの鞄を

日盛りを耐へつつ歩む老若のしぐさに見ゆるいのちのすがた

精霊も共に食《を》すとふ茄子・胡瓜・ささげ涼しき味のするなり

深更を働く人ら手もとまで螢光灯を白く垂らして

終電を送れるのちの駅頭に幾百台の銀輪眠る

潮の香と松葉の匂ひをともなひて風あり夜闇のかなたより吹く

ぐんぐんと潮満ち来たり月影とわれを捉へて河溯る

国道を抜けゆく深夜のトラックが裂きゆく沈《し》黙《じま》漆黒の闇

若き日の母の写し絵見るごとし桔梗の寺に墨磨る女人

せせらぎの音響かへば耳を立て赤子まなくも川面を見入る

寂しさに耐へて人あり冴えまさる川に浸りて落鮎を釣る

不動滝みなぎり落つる激しさに滝壺に向け地層は撓む

ワゴン車に家族を乗せて溯る川沿ひの道のゆくへ知らずも

木喰の留まりゐしとふ山寺に萩の花咲き子を抱く仏

窯元のけぶり紛るる午《ひる》の空ああのど自慢のラヂオも聞こえ

子を膝に乗せて揺れをり天空の深処より垂ると思ふ鞦韆

古老の風貌

妻の名を与ふる家にシベリウス長き余生を送りて逝きき

渦を巻くホルンの管よ音楽史・人類史いま閉塞の秋

小説の救ひを野太く語りゐる大江は森の古老の風貌

呪詛・策謀・疫癘の記載読みなづみ出会へる記載〈大仏開眼〉

朝ごとに餓死者を運ぶ火の車ソマリアにデス・トラック走る

炎熱も死臭も弾《たま》も届かざるブラウン管のこなたは寒空

武器持たぬインカ滅びきソマリアの野の民に武器与へし者はや

エリツィンの猪首太し闘士否《いな》カリスマとなる野心詰まりて

迷子の犬

幼な子に泣かれて出で来し冬の街従《つ》き来て去らず迷子の犬が

無灯火の自転車過ぎぬ若者を覆ふ闇ありいかなる時代も

鶏裂きていよよ寂しき開きたる臓腑は白き脂
肪にまみるる

幼な子を互《かた》みにあやし妻とわれ成績づけとふ
儚なごとする

教師たる手応へのなき日々にして御用納めの
うどんを啜る

II

ペンギンのオス

白球の飛びくる刹那に鎧ふもの一閃たちまち
消ゆるすがしさ

いさぎよく踏み出す気迫に白球を打ち返せる
や構へに戻る

争ひて袖引き席を譲る見ぬ厳しき儒教の国ぞ
韓国

中継の車に従《つ》きて優勝を逸せる選手の錯誤ぞ深き

咳《しはぶ》きて人ら行き交ふ街に添ひささくれ立てる鈍色《にびいろ》の湖《うみ》

青白きパンタグラフの明滅の去りたる闇に茫然とゐる

抱くとき目覚むる仕掛けを訝しみ子は人形に眠り与へず

常闇の極点にして数か月雛抱くといふペンギンのオス

直感を譜面のかなたへ先立たせグレン＝グールド知命に逝きき

強ひられて馴れゆくもののうそ寒く自動改札するりと抜くる

樟の洞《うろ》より出で入る鴉たち禍ひの種といふは何なる

お預けを犬に強ひたる思ひ出の年齢《よはひ》加ふるままに恥《やさ》しき

春の曲玻璃戸の向かうに奏でつつエレクトーンの足弾みたる

夢の蒼穹

目覚むるや夢のつづきの蒼穹を見たしと幼な
子靴提げて来る

裏山の此処《ここ》に彼処《かしこ》にけぶる藤気づかざりしよ
子の生《あ》るるまで

丘の上に桐の花咲く静けさの秘めたる力は空
を支へて

戯れにわれを打ちては逃ぐる子の笑ひが長く
空に残れる

利き腕も旋毛《つむじ》の向きもわれに似る愛《いと》しさむし
ろ悲しみに似る

陽の匂ひしるき布団に寝《い》ぬる夜の夢の草野に
乱るる蜻蛉《あきつ》

クーラーの微風にそよぐ棕櫚竹のあはひに流
るるときいとほしむ

一心に詮なき手紙をしたたむる四囲の新樹の
ざはめきのなか

白き力

群衆を誘《をび》く力を思はしめゼブラゾーンを鳴りわたる音

言挙げの寂しき時代をよぎりゆく路面電車の全身広告

梅雨空に子ら轟かす爆竹の凶凶《まがまが》しきかな伸びゆく力

土砂降りの響き伝はる浴室に幼な子糸瓜に指入れ遊ぶ

止まりたる時計をいくども仰ぎ見る何に追はれて生くるわれなる

駅頭に別るる友らそれぞれの表情なして受話器を握る

イカロスの神話をわが子に思ふとき観覧車はや下りに向かふ

妻も子も眠れる夜更けくちなしの花の星雲かすかに匂ふ

南天の花咲き子の歯の生えそむる白の秘め持つ力を見せて

産院への途上に橋あり丘ありて虹渡りゆく思ひに急《せ》かる

ひかりの雫

蟬時雨降りくる樹々の下ゆけば暗ぐらと径《みち》いづこへ通ふ

しらじらと夏日に照れる御堂見ゆひかりの雫に憩ふや父は

真夏日のプラットホームに繫がるる列車はわれより所在なげなり

部屋ぬちに籠もればかすかに聞こえ来る水の流れのごとき子の声

珈琲を挽くとき聞こゆいにしへの儉《つま》しき糧《かて》を挽くにぶき音

母子三人同じき形に横たはり昼を獣のごとく眠れる

母と子が柵より網を差し入れて蟬を捕ふる真夏の学校

脆弱な夢振り捨てて生くべしと大差試合《コールドゲーム》を告ぐるサイレン

青信号ごとに手かざしの運転士労働といふは清しき習慣《ならひ》

噴水のめぐりに集ふ若者の水泡《みなは》のごとくあふるる時間

街路樹のポプラの繁れる下にしてバス降り来たる老女よろめく

幌掛くる天上界とふトラックの行き過ぎてのち街せはしなし

紅白のタワー塗り替へられしままシルバーの時代長くなりたり

ホームの孤島

だしぬけに無常迅速響《な》りわたりホームの孤島に濁流の貨車

鼻先で閉じたる扉に遮られ薄ら笑ひがホームに残る

揺らぎつつ傾《かし》ぎつつゆく時代かな〈ひかり〉
のトイレに籠もれば侘びし

疾走をする外《ほか》はなき現《うつ》し身のひび割れ著《しる》く〈の
ぞみ〉は傷む

帝帽をテイボーと改めたる時代フェルトペン
のペン先柔《やは》く

猿山の猿一斉に立ち上がり歳の暮れゆくかな
たへ響《とよ》もす

庭先に土砂の迫りし日のニュースあつけらか
んと妻写りをり

何もかもやりつぱなしの一年と思へば紅葉も
歳を越すらし

Ⅲ

寒世界

陽水に溺れし弟厭ひたる兄それぞれの中年の
坂

凍てつきたるフロントガラスの緩みそめ顕《た》ち
現はるるわが寒世界

綻《ほころ》びたる燕の古巣の垂れ下がり揺れをり父の
思ひとともに

咽喉元の言葉ひとつを消毒の匂ひの著《しる》きトイ
レに流す

幼な子の初めて得たる言葉ありドアを開けば
おかへりと言ふ

修理屋なぞ来ぬ洗濯機休日のあしたを太鼓の
音轟かす

子供より親が偉いの呟きとともに消えゆく児
童手当か

人ひとり殺むるまでのゆくたての見やすきテ
レビドラマに溺る

パリの夜の暗さマジョルカの夜の暗さショパン電灯の無き世を生きて

ノクターン夜をつれづれと想ふ曲コートダジュールに夜の波騒ぎ

棕櫚竹の鉢砕かれて存在の繁み縺《もつ》るる根方さらせり

しばらくを鸚哥《いんこ》を狙へるごろつきが恋猫となり野に戯るる

羅針盤杖に据ゑ付け誘《をび》かるるごとくに北へ向かひし林蔵

虹の角度

杉峠といふ暗がりをなだれ下りしばしを憩ふわがハンドルと

凍てつきて微動だにせぬ川の瀬にわが群肝が知る滝の音

滝の上にかぎろふ虹のわれに見え妻にも子にも見えざる角度

幾筋も滝は連なりなだれ落つフォッサマグナの背を伝はりて

大鷲が高きを舞へる国境《くにざかひ》ウィークエンドのわれら越えゆく

山鳴れば山の胎動伝ひ来て護岸工事のなき川笑ふ

ダム湖とふまやかしの碧《あを》見たるのち谷の底ひの闇に紛るる

石灰岩採掘現場の白煙のかなたの広らに浮かぶビル群

風神・雷神

青梅の壗に五月のひかり射し浮き来るはみな途絶えし生命

肺胞の身ぬちにひらく妖しさを咲かする変化の七色あぢさゐ

外《と》つ国のことば空回りするテープ鸚鵡のごとく囀りやまず

名人の一年《ひととせ》過ぎて米長の一介中年勝負師の顔

ゴールするごとに手を挙げ喚《をら》びたる勝つ陶酔
に溺るるすがた

進化とふ神話をまことと信ずべき棕櫚に魚卵
のごとき花あり

夕闇の迫ればトレイに残りたるケーキは花の
ごとく匂へり

濡れ色のみどりを女の額《ぬか》に注《さ》し弱視のマチス
の描ける現実《うつつ》

妻と子を抱《かか》ふる日々の響きありブルックナー
の果てなき楽章

勇躍と空ゆく風神・雷神をウィークデーの狭《はざ》
間《ま》に見入る

抱一の其一の描く鶴のまみいづれも紅《くれなゐ》深くか
なしき

幼な子の互《かた》みに選り合ふ桜桃のひと日ひと日
の輝きに似て

青白き灯《ひ》に身を投ぐる虫の群れ夜半政変の報
伝ひくる

虻の重み

梅雨明けの空に庭師の大鋏父ありし日のごとくに響く

梅檀の枝はゆうべの風に揺れ子を抱く母の腕《かひな》の動き

雑草のある丈までは伸びゆきて時代の気配のごとくに止まる

終戦の日の黙禱を終へたるやスクイズといふ特攻死見す

夏草の兵士《つはもの》還らぬ寂しさよ球児のつぎつぎ消え去りてゆく

朝《あした》より強き陽射しに耐ふる日を萩は撓へり虻の重みに

何するとなくひと夏の過ぎゆかむ蜻蛉が空を舞ふ明るさに

わが駆れる自動車《くるま》に鳶の羽根一枚舞ひ落ちたるを子に託すなり

スカイフラワー

夜闇よりスカイフラワー舞ひ落つる微塵のひかり仄めく海へ

打ち棄てし記憶を闇より取り出でて光の帯をなせる街の灯《ひ》

ゆくあての無き者どもを憩はせてひかりあまねし夜の書店は

路地裏に前夜のうちより出ださるる生ゴミすゑたる都会の匂ひ

厨房に遅き夕餉をはじめたり調理人らは車座となり

古書となり値《あたひ》の上がり下がるもの人亡きのちの沙汰もきびしき

老二人能楽堂より雑踏に消えゆくままに夜闇は閉ざす

眠らざる街TOKYOの妄想のさなぎのごとく膨らむドーム

椎の実

芭蕉葉の揉まるる街にUターン帰還者われを知る人ぞなき

日に干せる布団を匍《は》へる蟷螂のひかりの中を転《まろ》びてゆくも

ひと夏に数グラムほど針ふれたる秤ぞわが家の何を載せたる

椎の実を子と拾ひたり親として授くるものを尋《と》むる思ひに

橋の上のマラソン走者見てゐしが半ば過ぎより美《は》しくはあらず

門柱の蔦枯れ果てて亡《ち》父《ち》の名の表札とがむるごとく現る

ゴムの木の幹のくねりを愉しむに妻の激しく子を叱る声

冷えまさる壜の底ひに帆船の白きとなりてこもらふ家族

プラネタリウム

子と仰ぐプラネタリウムの瞬《またた》きの眩しさ亡父《ちち》と見し日のごとく

修羅の世に美《は》しきはありと信じ来たりプラネタリウムを見しかの日より

なせるなき父の子なれどいとせめてプラネタリウムの遙けさ思へよ

酒船石・益田岩船血塗られし飛鳥に天文台たりし巨石《いし》

天空に非道を永遠《とは》に曝すべく石舞台とふ剝き出しの墓

バラ星雲、馬頭星雲それぞれにたましひ凝《こご》りて沸き立つすがた

星々の織りなす古代の神々やわれら俯き地上を疾駆《かけ》る

しろがねのプラネタリウムを出でて見ぬ師走の街のくれなゐなすを

Ⅳ

栗鼠の眼

擦れ違いざまにガムの香匂ひたつ永遠《とは》の少年
やめざる甘さに

脱色とともに失せたるものあれば少女ら栗鼠
のせはしき眼《まなこ》

木を組むは心組むとふ梁太き母の生家の清《すが》し
かりにき

人の性《さが》哀しとやせむ二世帯とふ背中合はせに
親子集へば

甲州の紅葉の中に醸したるワインぞ臙脂の色
と香のよき

凍てつける中を華やぎ交はれる水仙もえぎ山
茶花くれなゐ

かの人もかの人も逝きこの夜半をラヴェルの
ボレロが響きてやまず

気流の鳴る音

冬山をゆけば気流の鳴る音の降り来てやまず天の号泣

流れゆく雲はやきかな山頂の航空灯台跡だにもなし

山並みに地上所有権といふありて製紙会社は木々領じたり

鬱蒼と中年の日々重なれるいづこの彼方に広がる青空

ふるさとの山高からずUターン帰還者われは歩むその坂

杉の苗ひそやかに幹太らする花粉症の街見下ろしにして

冬の陽の微塵となりて降りそそぐ幻として群ゆく鳥は

人みたり送りし冬も過ぎゆかむ如月尽日まぶしきひかり

回　遊

連並めたる白き布団をひるがへし春一番は高みを駆くる

黄砂舞ふ空の果てより射すひかりカーテン揺らめく下に滴る

春の湖《うみ》クリーム色に泡立てり車内に子らの笑ひは満ちて

亡き父の購ひくれたる古時計ここより春の季《とき》ほぐれゆく

手を伸べて子の頭《づ》を抱き眠る夜の地軸支ふるごとき重たさ

白昼の無聊に形を与へつつパントマイムを演ずる男

回遊を続くる群に肉の削げ血の滲みたる魚も従《つ》きゆく

壮麗に晴れがましく魚は回遊す永遠《とは》なる時間の渦に呑まれて

発芽の時間

辛夷咲く家々を追ひ日坂の峠越ゆればひろがる大河

深々と礼《ゐや》して自動車《くるま》を止めてゐる工事現場のアジアの男

浅黒き肌《はだへ》に降りしく花吹雪やまとの桜はかなしからずや

春の夜のうは言として女《め》の童《わらは》桜の山の白きを言へり

揺らぎつつ終《つひ》に地上を去りゆかぬアドバルーン見ゆわが日々は見ゆ

春日の午睡をつづくる街並みに滑らかに電車入りて発ちゆく

地下鉄が駅より発ちゆくたびに吹くぬるく匂ひのこもりたる風

強く言ひ巧みにかはすを処世とし春風たれにも憎まれはせず

いささかのことに諍《いさか》ふ場に至り子はその母の膝を離れず

留守居して思惟するめぐりの漆黒にオーロラなして干し物垂るる

妻も子も行かせて五月の連休を籠もれば樹々は鋭く匂ふ

二の腕と首筋太き女人像残して有本利夫は逝きき

噴水の消えゆくふたたび湧くまでの発芽のごとき時間《とき》に佇む

ゴールの彼方

前足の脱臼ののちの二歩三歩あゆみて馬はだうと倒れぬ

取り返しつかぬ世界を生くる馬躓《つまづ》きは死を意味するばかり

殺処分あるいは安楽死とも言ひ人に為《な》せざること馬に為す

颯爽と駆けゆくと見えみづからの体の重みも馬は支へず

蒙古馬・木曽駒はたらく旧き馬超えゆき競走馬といふ奇形

たてがみは分かたれ遺骨は安住の大地に眠らむ処分ののちは

数知れぬ馬頭観音・供養塔この国貧しき時代にありき

先陣を競《きほ》ひて駆けゆく馬の瞳《め》にこの文明のゴール見ゆるや

虚脱の浮力

パソコンのセーブ画面を這ひ進む土竜とわれの無明の思念

眼の中の塵と思へば空の果て凧は虚脱の浮力に舞へり

飛沫浴び流れに絶ふる切り株の立ち上がりざま小さき野猿

湖水埋め立ちたる校舎に主人《あるじ》顔なして夏ごと沸き出づる蟹

〈西行花伝〉読みつぐ夜半をぎぎぎぎと鳴く鳥の声わが父祖の声

干涸びたる蚯蚓《みみず》に子らは興じをり炎暑に耐へて父の帰れば

夏日さす桐の葉群れのさやぐとき白き障子に揺るる濃淡

池の面の記憶の襞を靡かせて風ゆけば鵞鳥ガアと鳴くなり

育みて育まれゆく不思議さよ花咲かせむと水遣る日課

リフトにて飼料の袋積まれゆく日々の隙間を埋めゆくごとく

金のみがすべてと喚く者も乗せ真夏の電車は海へと向かふ

自動ドア

立秋の空に揚羽を舞はせたる風が頁《ページ》を繰りてやまざり

感情の縺《もつ》るる部分をほぐしつつわが膝に乗る
猫撫でてゐる

正確に升目に自動車《くるま》停《とど》むるは勤め人われのひ
と日のはじめ

屋上の巨きピアノが奏づるや音なき響きに人
びと歩む

暇乞ひ終へたるのちを自動ドアしばしためら
ひ徐ろに開く

週日の疲れの滲み出づる体《たい》横たへたれば乗り
来る子らは

二人の子眠らせ灯火に寄る妻がカレーパンな
ぞ食ひたしと言ふ

小さき富士

逃げ水を追ひゆくごとく秋の陽をボンネット
に上《へ》に受けつつ駈《か》くる

崩せざる日々の鋳型を持つゆゑに朝ごとわれ
ら橋に行き交ふ

現し身を幾千覗きし一生《ひとよ》ならむ若葉写真館に
主人微笑む

言い難く晴らし難きに耐ふる日々ベラ＝バル
トークこの秋馴染む

足早に晴れ着と喪服行き交へる中町通りに秋
陽あまねし

秋空の底ひを拍《う》ちたる鳶の声聞き止めたるわ
れの少年

新巻の首落とすとき夜のラヂオ役者の夭《わか》き死
を伝へたり

午前零時過ぐるや稿の動き出づ呪ひのごとき
衒ひは消えて

簡浄の季節至れば湖《うみ》の果て小さき富士見ゆわ
がこころざし

V

羊の眼

ピエロより握手を求めらるる子の眼《まなこ》見据ゑて手を差し出だす

わが持たぬ羊のごとき眼《まなこ》してプレイガイドに居並む若者

底冷えの残る舗道に聞こえ来るいらつしやいませを繰り返す声

水すまし眩《くるめ》くさまに見下ろしのスケートリンクに没我の者ら

低気圧黄に空を染め過ぎ行けり砂塵のかなた干戈は停《や》まず

菠薐草の赤き乳首のごとき根よつのぐみふるふ生命の萌し

昇りゆきやがて降りゆく世の道理《ならひ》パラグライダー子らと見てゐる

くれなゐの蕊

射干の花揺るるまひるま黒猫は幾千年の春のまどろみ

白昼のさ庭をよぎる黒猫の秘めやかなるかな春の足どり

女のわらは妻のみ髪《ぐし》に降りそそぐ桜はなびらくれなゐの蕊

仰向けに垣根に干されいくたびも空蹴り上ぐる小さき靴は

花明かり瞼にとどめ薄紅の目薬を点《さ》す明日のうつつに

イグアスの滝

グランドは雨にけぶらひ葦原の中つ国なるまぼろしは顕《た》つ

垂れこめたる雲に紛れてゆくけぶり語られず過ぎむ時代と言ふは

網棚をうつ吊り革の軽き音カーブ切るとき昭
和が弾む

遠き日のかなたの空を見し記憶市電の長き余
生に浮かばむ

イグアスの滝を栖《すみか》とする燕つづまり生は断崖《きりぎし》
なして

午睡より醒むれば見ゆる柿若葉　栗の垂れ花
六月の海

備前の壺

男子《をのこご》のこころの意気を立ち上げて黒光りせり
土にほふ壺

大甕の上《へ》にかがよへる白光は海に漂ふいのち
のごとし

赤黒く分厚き備前の狛犬の双眼遠きペルシャ
を宿す

土を捏ね生命を器にとどめたる陶工なべて土
へ還れる

土にほふ備前の瓶にわが思ふ埴輪並べし大王《おほきみ》の夢

長《をさ》の子の生まれし夏日の輝きをたたへて涼し備前の壺は

カーキャリー

デパートのフロアに漂ふ透明感　戦後に見たる青空の果て

エアコンの冷気に震ふ日々に入り日本列島ころ氷河期

跳ね橋の黒衣の小さき夫人へと眼《め》はゆくゴッホの逝ける齢《よわひ》に

カーキャリー新車を載せてあへぎ行く父たる重みに耐ふる姿に

死をすでに孕む硬さの馴染むゆゑ動かぬ甲虫《かぶと》を太郎放さず

ゴムの葉はばさりと落ちて遠き日のわが死と大地とかすかに匂ふ

群れにありて逃るるまじき哀しみのインターに入る刹那によぎる

広小路交差点の上に銀漢は流れてわれら陸橋をゆく

花　籠

仰向けに男《を》の子は寝入り俯せの女《め》の子と夢の花野に遊ぶ

笑まひつつせつなく曇る子の寝顔うつつにまして豊かなるもの

鶏頭の朱《あけ》りんだうの澄める青　夏と秋とのあはひに開く

綿雲に筋雲まじり動かざる秋空の下に草いきれあり

音もなくボートは沖を目指しゆく秋の気配をふた分けにして

図書館の書棚のあひを擦り抜くる風と光とわが影法師

濃緑の水面を打ちて止まぬ雨　時代に耐へ得ぬ者が顎《あぎと》ふ

例により会議半ばに滞り分針ただに円描きゐる

髭を立て猫あゆむとき曼珠沙華秋の冷気を包む花籠

わらび餅咽喉《のみど》ゆくときひいやりと還る日々あり亡き友のあり

ベランダに立つ妻けさを華やげり〈百万本のバラ〉口遊み

血の滲む卵黄のごとき月出づる薄の下に子らとし待てば

月代に届くばかりに澄める声ゆふべ宴にうたふ園児ら

玉入れの玉

うたたねに魚となれる夢を見ぬ白くまぶしきノート拡げて

子供らの木の実を拾ふその上を鵯《ひよ》が天なる言葉とよもす

木犀の黄金《きん》の小花は雫して老いたる母がその下を来ぬ

木犀の匂ふまひるまかなたよりさざめき来るは妻と子の声

生真面目に障害物をめぐりゆくレースの子にしわが性格《さが》の見ゆ

ずんずんと玉入れの玉溜りゆく潮の満ち来る奇《くす》しさに似て

新築の家の胸処と見るあたりただに明るき洞《うろ》広がれり

夜の闇ゆ神の瞠《みは》れる眼してクライバー狂気のタクト一閃

大相撲好みし祖父もすでに亡き決定戦を待つ間寂しき

勝つ秘訣言ひよどみたる武蔵丸「一生懸命」と答ふひと言

わがひと日妻のひと日を収めたる眼鏡並べぬ寝に就《つ》くまへに

竹細工なす人　笛吹き踊る人　太郎の眼《まなこ》が追ふ里祭

〈パンダ・うさぎ・コアラ〉みなに遅れてなす太郎　大らかなれよせはしき時代に

花のワルツ

あした〈主よ、人の望みの喜びよ〉弾くときピアノに合はす小鳥ら

階段を降りて来る子の足音の軽さよ冬の朝を明るむ

いささかに嗜好変はれる子とわれの一生《ひとよ》の〈はる〉と〈あき〉深むらむ

日溜まりに肩を寄せ合ひ干し物の家族が初冬の風に揉まるる

冬空に碍子きらめくわが生《あ》れし父逝きし日のひかり宿して

洟すする子の表情のあどけなく木枯らしのなか立ちたる地蔵

悴める手を擦り合はせ模試を解く生徒のしぐさ祈りに似たり

暮れはやき冬の路上に流れ来る花のワルツは沸くごとくして

両耳をぴくんと立てる膝の猫サバンナ渡る風聞きてゐむ

口々にサンタクロースを信ずとふ子らの言葉ぞ聖なる響き

電子音にはかに高まる玩具店父親サンタは思案に昏るる

寒の虹渡る獏見ゆ夢を食む獏とは懶惰のわが心なる

隣り家の犬の逝きたる年の瀬の夜のしじまを霜降りてゐむ

VI

回転木馬

あらたまのひかり天より降り注ぎロープウェーに寄り添ふ家族

リハーサル仕切れる悪役あざやかに本番さなかを倒さるるため

ちちははを演ずるわれらのかたはらを子らと風化の季《とき》過ぎ行けり

伸び縮みしつつ消えゆく子らのかげ回転木馬の夢うつつなる

モービー＝ディック追ひゆく夢を思ひ出づ岬を覆ふハウスのしろがね

沿道にて見送る選手に紛るるは亡き伯父なるか兵士のまぼろし

大円盤広がるかなた盛り塩の白まぶしかり浮かぶ冬富士

荒縄に冬の大地を縛《いまし》むる厳《いか》しきちから渋滞の列

春の女神

チョモランマ目指せる日本の登山隊蝶の飛び
交ふ峪に遇ふてふ

ギフチョウのルーツ雲南の果てにある古代の
蝶の舞へる故郷《さと》はや

ギフチョウを春の女神と言ふことのありとぞ
夢を追ふ者の神

ケストナー、ヘッセをはやくに知り初むる蝶
蒐集の童話を読みて

ドイツとふ国の危うさ麗しさ蝶蒐集の童話に
知りき

台湾に在る種は四国に見付くとふいづれも胡
蝶の形なす島

日本の原産種二百三十種　風土の育てし蝶の
ゆたけさ

男雛・女雛

京美人・関東美人・現代《いま》風の美人ありとぞ雛の顔立ち

床の間にあふるる本を旅立たせ雛の家へと変はれるわが家

太刀あふぎ姉弟して付け了ふれ男雛・女雛の心地いだくや

雪洞《ぼんぼり》の灯りに照らされ女《め》のわらは桃と桜と分かぬ絵描く

喇叭吹く太郎は頬を膨らませ邪気なき息を一気に放つ

雄叫びを残して駈けゆく連なりを跨線橋より見放《みさ》けやまざり

吉凶をオセロに観想する父を一途なる子はたちまち破る

みづみづと鼾立てつつ眠る子ら潮騒かすかに聞こゆる夜半に

マウス

いくたびもカットとペースト繰り返し寸々《ずたずた》となす生徒のデータ

机の上をマックのマウス這ひ回り生徒千人の日々編みてゆく

長き尾の先をマックに繋ぎ止めマウス一匹本校を統《す》ぶ

ハメルンの笛吹き男に重なれりマウスのゆくへに子ら従《つ》き行くは

時間割ボードに嵌《は》めたる一千のコマが織り成す刻《とき》のモザイク

生徒らを姓にて呼ばず名にて呼ぶわがせぬことをするが増えゆく

プリクラの色調悪《あ》しきに思へらく貧しき国の卑しき底流

プリクラの侘びしき色に微笑むはどこにでもゐる明るき家族

咲き満てる桜花に子らを遊ばせて不惑のわが身を樹下に横たふ

鳩めぐり空を軋ませ翔《ゆ》く音のうらうらとして寂しき春か

流れ矢のゆくへを知らぬ黒き犬駆けゆくごとし弥生尽日

無人駅

十二単衣と誰《た》が名づけしや山々を重ね着にして山津見はあり

谷川の音立て流れゆく速さトロッコ列車の響きに通ふ

椎茸の榾《ほた》木《ぎ》に囲まれ集落ありその四軒のため無人駅あり

無人駅ごとに虚ろの眼に出会ふ指名手配のオウムの写真

新緑の峠越え来て蕎麦を食ぶたらの新芽の青きを載せて

畑薙を下れば井川ぞ水嵩《かさ》の大井なる川ここより流る

谷の上の空に渡せる吊り橋を亡父《ちち》も渡りき何処へ行ける

滾り落つる滝の裏へと回り来て人生半ばの景色を眺む

ジャイロ

隣り家の欠伸の音まで聞こえ来るけだるさにゐて春しづかなり

信号はつぎつぎ赤へと変はりゆき決断迫られゐることひとつ

街路樹のさつき一斉に燃え立てりいかに生きても人生《ひとよ》は人生《ひとよ》

蒼白の顔なしジャイロを降り来たる若きらふたたび列に従《つ》きたり

子と犬とみるみる野原を駆けくだる地にいだかるる気配拒みて

坂道を駆け降りさらに転ばざる子のしなやかさ若木のしなり

〈シャーロック＝ホームズ全集詳注版〉読みなづみたり些事の重たさ

旅の日をつぶさに描く子の絵画ひと日はひと日を超えたる重み

中耳炎病む子を宥め寝つかせて夜闇の底ひに端座すわれは

帝井

北の知多みなみの渥美わだなかの島より見ゆる陸地《くがち》果てなし

軽トラの背に乗り海べを揺られゆく流刑囚なれや旅人われら

帝《みかど》の井南朝の夢濁りたり島の高みの墓原の中

わだなかの孤島の浦廻《うらみ》に舞ふ蜻蛉いづこより来し生命なるらむ

この島の漁師と一生《ひとよ》定めしか船より降り来る
茶髪の若者

老いたるも若きもバイクに身をゆだね島の高
低ある路地をゆく

群れ躍るイルカの勇姿かの夏を語りし友らの
夢はるかなり

指示通り泳ぎ舞ひ跳ぶイルカたち清しきまで
に統《す》べらるるもの

マンションの窓

板チョコのひと山ごとの甘やかさマンション
窓に灯り列《つら》ねて

ビルの狭《かひ》高架の橋の下をゆくせせらぎ総武線
の快速

脱色の姉と茶髪の母に寄り電車に揺るる黒髪
いもうと

公園とふ奇形の自然に集ふ者　虚弱児・老
人・病める若者

太陽を奪ふなと記す線路ぎはマンションの谷のあひを抜けゆく

神保町交差点より幼くて呂律回らぬアジ流れ来る

おのおの去り行く方のみ見つめゐる東京八重洲口の清しさ

獣の愁ひ

朝刊のインクの匂ひに目覚めゆく枕元には子の気配して

紫陽花の花毬すらも重たきに猟奇の果てに据ゑらるる首

野分とふ言葉泛びて眺むれば外の面に獣の愁ひは兆す

台風に揉まるる欅のしなやかさ耐ふる姿の清しさ見ゆる

黒雲の狭間にはつかに見ゆる空その明るさの
直截に逢ふ

ハイドンの醒めたる意識の得しメロディー台
風一過の空に響くは

ケーニヒスベルクを歩みし老カントその胸中
に滾る星雲

はつ夏の空に青嵐わたるときモルダウの水胸
処にあふる

夏の日を汗したたらせ鰻食《は》む小食・偏食忘れ
て家族は

車庫入れのさま冷ややかに見下ろせるわれに
芽生ゆる体性感覚

枯草を背に乗せ水を掛け合へる象たち檻の中
のたはむれ

枯草と真水の匂ひ立ちこむる象舎に一陣サバ
ンナの風

一刀石

大仏は男の子のきはみ澱《よど》みたる土用の熱気の中を涼しき

大仏殿出で来て仰ぐ空に舞ひ蜻蛉は夏のひかりを返す

草の香のしるき朝《あした》に生れ出でて蜻蛉は翅《はね》にひかりを宿す

大仏のまなこの雫ゆ生れ出でて雲なき空を蜻蛉群れ飛ぶ

盧舎那仏くまなく辺土を照らしゐむ拝《をろ》がみ散りゆく善男善女

大仏の坐する南都の背に延びて柳生街道人葬《はふ》る道

亀たちの蠢く白昼《まひる》の池にゐてうかがふ御堂の浄瑠璃世界

リーダーの横文字読みつつ九体の阿弥陀を見《まも》守る寺の乙女子

厨子を開け吉祥天女の秘仏像日すがら曝す平成濁世に

柳生家の墓所を清むる堂守はこころ病みたる
施設の若者

人殺《あや》むる技のいよよの冴え願ひ鍛へ栄えて滅
びし一族《うから》

一刀石直《す》ぐに裂きたる力もて夏まひるまをひ
ぐらし響《とよ》む

跋　存在の根を探る視線

篠　弘

この歌集は、一九五六（昭和三一）年生まれの著者の、九二年から九七年までの作品が収められる。八六年から作歌を始めているが、その初期作品は割愛し、これは三十歳代の後半のものからなる。九二年度「まひる野賞」の受賞作品「樹下の明るさ」（平4・8）以降のものであり、その一連二四首が、本書の巻頭を飾っている。受賞作の題名にちなんだ『樹下逍遙』が、この第一歌集のタイトルともなった。

作歌に挑んでから六年目、著者が三四歳の時の受賞である。けっして早くはないが、新人として適時なるスタートであった。そのうえ前年の九一年には「大衆化時代の短歌の可能性」（「短歌研究」平3・10）で、第九回現代短歌評論賞を受賞していた。論作の両面を担ったことも、いかにも「まひる野」の新人らしい。いっそう重荷を負いながらの作歌を強いられたことになる。

その受賞作「樹下の明るさ」には、二つの側面があったのではなかったか。その一つは、近景としての家族であり、父を見送った悲しみや子を持つ親となったよろこびが詠まれていた。

疎ましと親を思ひしよすがなりき少年少女文学全集

亡き父のいまはの笑みと幼な子の洩らしそめたる笑み通ひあふ

亡き父の遺品を片づけ広げたるスペースにわが本溜まりゆく

朝よりプラスチックのがらがらにはしゃぐこの子の父なりわれは

ここに父と子がモチーフになっていた。少年少女文学全集に登場してくる親と、自分の生ま身の親と比べて、かつて「疎まし」と失望した少年期を隠さなかった。みずから大人となり父親となって、父を喪ったことによる愛憐の情が深まってくる。とかく現代のテーマになりがたいものを、しかし、じっくりと無垢なる視線で詠みこんだところに特徴があった。ちなみに二首目の、父と子に相通ずるという「笑み」にしても、また、四首目の手離しになりかねないような歓びにしても、しかと血縁を確かめあった繋りがあり、読む側の心もちを浄化するかのように感じられたのであった。

泣きながら犬の骸を埋めしこと覆《おほ》ひ隠して棕櫚の葉さやぐ

鮒を釣り鮒を戻して老い人の昨日と同じき薄暮を帰る

幾春を花咲き乱れたる家《いへ》のある日均《なら》され水溜まりをり

箱の上に立ちたるティッシュの薄紙の危ふげにして崩れぬ日々か

もう一つは、一首のなかに明暗・硬軟などの相反するものを遠景に見つめ、そこに「時間」を持ち込んだことである。たとえば一首目は、犬の屍体を埋めたのは少年期のことであろう。その折の号泣は、さやかなる棕櫚の葉音を耳にしながらも忘れられない。二首目の老人の歌は、釣った餡をまた戻す姿を目撃する。釣り人にふさわしい優しさと、その内部に巣くう限りない寂しさを抉り出す。三首目の家は、庭に草木の豊かであった旧家であろう。にわかに解体された跡の水溜りを見つめ、脆くはかない人間のありかを問う。さらに四首目は、柔らかなティッシュが鋭角に立ち上がるさまを見やり、それを喩として、この時代をけなげに生きる弱者の心情を現わしている。

このように近景としての血縁と、みずからの日常から見出した、遠景としての人間の鬩ぎ合いに、生きる戸惑いやためらいの徴旨を捉えていた。作品の背後には、高度成長という状況そのものの空しさが、そこに曝されている。控えめながらも作者が、人間の生存の根拠に迫ろうとした原風景を、その受賞作はいちずに探ろうとしていた。

　そこから出発した作者である。いちじるしく風土の破壊が進んでいた。成長や向上のみをもとめてきた時代の風潮のなかで、失われた原風景を回復しようとしても、その手がかりは乏しかった。封じ込まれてきた内面の心の貧しさを、いかに払拭しようかと、初めからきびしい選択を強いられたのではなかったか。


　赤錆は庭車の山より滲み出で天の錆なる紫陽花開く

　コンテナの暗闇深きに封じられ過ぎ行く時代音を立てつつ

　青白きパンタグラフの明滅の去りたる闇に茫然とゐる

　言挙げの寂しき時代をよぎりゆく路面電車の全身広告

　幌掛くる天上界とふトラックの行き過ぎてのち街せはしなし

　進化とふ神話をまことと信ずべき棕櫚に魚卵のごとき花あり

　雑草のある丈までは伸びゆきて時代の気配のごとく止まる

　眠らざる街ＴＯＫＹＯの妄想のさなぎのごとく膨らむドーム

　おおむね作品は、詠まれた順の編年体となっている。歌集の前半に見られるもので、こうした高度成長時の残滓にたいする呪詛が多いことに気づく。このことを抜きにして、本書を語ることはできないであろう。

　山積みされた廃車の残骸、その錆の赤茶けた色に咲く、逃れられないあじさいをいとおしむ。そうした風土に現代人は生きている。密閉されたコンテナの夥しい列、超スピードで走る新幹線のパンタグラフの青白い光り、それを暗然と見守る気分は、人間の傲慢ぶりにおののくものである。はからずも見た全身広告の路面電車、過剰なデコレーションを施したトラックなどに、作者は目を覆わざるをえない。こうした乗り物などのほかに、植物にも着材しているが、今日的な視角が生きている。棕櫚の奇態な花、蔓延した背高泡立草を捉えて、いかに進化や成長（生長）に限界があるかを問おうとしている。また、東京ドームの歌にしても、下句の適切なアイロニカルな喩によって、爛熟した都市にたいするカリカチュアとなっている。

　みずからが高度成長時に育ってきた存在の根を抉り、空しさをさらけ出し、ここに差し出してくる作者は、いたいたしいまでに強靭である。それはまた、じつに悲しみにみちた哀切な行為でもある。

橋の上のマラソン走者見てゐしが半ば過ぎより美《は》しくはあらず

回遊をつづくる群れに肉の削げ血の滲みたる魚も従《つ》きゆく

揺らぎつつ終《つひ》に地上を去りゆかぬアドバルーン見ゆわが日々は見ゆ

噴水の消えゆきふたたび湧くまでの発芽のごとき時間《とき》に佇む

カーキャリー新車を載せてあへぎ行く父たる重みに耐ふる姿に

鳩めぐり空を軋ませ翔《ゆ》く音のうららとして寂しき春か

わだなかの孤島の浦廻《うらみ》に舞ふ蜻蛉いづこより来し生命なるらむ

　本書の後半から引いたが、生きていく痛みに敏感な作品がすくなくない。自分の存在の根のなまの部分に触れざるをえなかった作者は、その痛みをこえ、痛みを昇華し、それを純化しようとする。そうすることによって、いっそう自己の存在の根をきわやかにする。

　これらの作品については注が要らないであろう。いくぶん前者よりもゆとりをもって詠んでいる。作者の痛みを読み手と共有しようとする感じである。

これらの歌に、わたしの好きなものがもっとも多いが、それは「生きる」という一途なものに向き合った無垢なる姿勢と言ってよいかもしれない。日常のなかから見出した「生きる」ことと抗う瞬時の表現に、みずからの生き方を如実に検証するものが息づいている。

　けっして家族のことは詠みやすいものではない。しかし作者が、生きていく痛みに極度に敏感であったことによって、また、人間の生存の根拠に終始迫ろうとしたことによって、冒頭で述べた近景としての家族詠が、本書のなかで必然性をもってくる。それらが受賞作以来、まさに車の両輪となって回りつづけている。

　ここでは、とくに子を詠んだものから引くと、

南天の花咲き子の歯の生えそむる白の秘め持つ力を見せて

手を伸べて子の頭《づ》を抱き眠る夜の地軸支ふるごとき重たさ

秋空の底ひを拍《う》ちたる鳶の声聞き止《とど》めたるわれの少年

仰向けに垣根に干されいくたびも空蹴り上ぐる小さき靴は

子供らの木の実を拾ふその上を鵯《ひよ》が天なる言葉とよもす

仰向けに男《を》の子は寝入り俯せの女《め》の子と夢の花野に遊ぶ

生真面に障害物をめぐりゆくレースの子にしわが性格《さが》の見ゆ

坂道を駆け降りさらに転ばざる子のしなやかさ若木のしなり

　著者は、郷土の浜名湖岸の新居町に棲み、近くの湖西市にある高校の教論をしている。〈ふるさとの山高からずUターン帰還者われは歩むその坂〉と詠むとおり、早稲田に学んだあと、郷里に戻った生き方をしたことも、その作風と深く関わるものがあろう。

こうした子を詠んだ作品が、おおむね風土と結びつくことに着目したい。土地の植物や野鳥が詠み込まれ、成長していく子の表情や姿態を、いっそうみずみずしいものにしている。子を慈しむ視線だけでは主題にならない。のびやかに風土とともに共生する身体として、あらたに行動感覚による子の身体の輪郭が設定され、いきいきとその動きが描かれたところに特徴がある。いずれも美しい歌であるが、こうした子を詠んだ作品も、いちずに自己の存在の根を探ろうとする祈念に相通ずるものである。わが子と共存する原風景が出現している。

著者を語るうえで、その教師としての歌に言及したいところであるが、時代環境から家族にわたって、どこに作歌の起点があったかを、わたしなりに分析するにとどめたい。著者は四二歳の新人である。時代の空気を十分に呼吸している作者であり、このうえは、さらに飛翔をうながすような評言が寄せられることを希うものである。

あとがき

『樹下逍遙』は、平成四年の春から平成九年の夏までの作品を収めた私の第一歌集である。総歌数四二五首、私の三五歳から四〇歳までの時期にあたる。巻頭の「樹下の明るさ」の一連は、第三七回まひる野賞を受賞したおりのもので、

亡ぎ父の揃ひて写れる一葉の記憶のありて樹
下の明るし

の一首を収めている。平成四年の作である。

このように思いがけない父の死に始まり、故郷への転居、わが子の誕生と、目まぐるしい変化がその後も続いた。そして逝く者と来る者とに挟まれ、悲しみと喜びとが交錯する中で、ようやく私にも、生

きゆく日々への自覚、そしてわが歌への自覚が芽生えて来た。編年体を採ったこの歌集は、おのずとその後の帰趨を辿るものともなった。

かつての愛読書、ミルチャ・エリアーデの『大地・農耕・女性』には、樹木に聖性を認め、崇拝の対象として来た人類の歴史が記されている。桜花の下で、亡父と共に写真を撮った記憶を歌に詠んでこのかた、樹木の思想とでも言うべきものが私の心を捉えて離れなくなった。父の残した丹精の庭に居て、あるいは日々見慣れた山々の木々に囲まれて、樹木の思想に生かされている己れを思わずにはいられなくなった。樹下に先祖を葬り、木々の繁り行く様に子孫の行く末を見る、古来の習俗の痕跡が私の中に確かにあることを日々感じていた。

歌集の題名『樹下逍遙』は、

何ぞこれ（＝樹木）を無何有の郷、広莫の野に樹え、彷徨乎として其の側に無為し、逍遙乎として其の下に寝臥せざる。

という『荘子』の「内篇」の一節に拠った。このように樹下に「彷徨」し「逍遙」するようにして過ごした日々を得難いものとして、心に刻む思いからである。

思えば窪田章一郎先生から『万葉集』の講義を受け、歌に興味を抱いてより、二十年に近い歳月が流れようとしている。三十歳を迎えるのを機に作歌を始めたのは自らの選択ではあるが、窪田章一郎先生、島田修三氏、橋本喜典氏をはじめ、まひる野の方々や、多くの歌友の励まし無くして今の私はない。その御恩はとても言い尽くせるものではない。また、空穂以来の〈境涯詠〉の系譜に連なることが出来たのは、半ば偶然ではあるが、この偶然を必然に転化させるのは、自らに課せられた課題であることを痛切に感じている。

『樹下逍遙』をまとめるにあたり、篠弘氏には様々なアドバイスを頂いたばかりか、跋文まで記して頂くことが出来た。この場を借りて、衷心より御礼申し上げます。また、職場の元同僚、池谷雅之氏に作品のイメージに合わせて、新たに装画の筆を執って頂けたのは、望外の喜びであった。感謝を込めて、ここに記して置きたい。
最後にあたり、私の我儘な注文に快くお付き合い下さり、発刊に漕ぎ着けて下さった田村雅之様に衷心より御礼中し上げます。

平成十年九月

柴田典昭

『パッサカリア』（抄）

Ⅰ（一九九八年）

夜　桜

夜桜の闇に子供を取られさう囁《ささや》く妻のかんばせ白し

夜桜を寄り添ひ見上ぐまとひ付く子らを賜《たま》ひし白き塊《マッス》を

咲き満ちて桜花のまだき樹を離《さか》る見上ぐる娘、母そして妻

新しきメガネ待つ間をやすらけく乳白色の世界に遊ぶ

新しき鋳型生《あ》るるやフレームのやうやう頭蓋に馴染みゆくなり

コントラ・ヴェンテ

終末の夜半を教師の妻とわれフォレスト＝ガンプの生真面目呪ふ

外山滋比古のエッセーによると、「逆風」のことをラテン語では「コントラ・ヴェンテ」と言うそうだ。

男とは空を漂ふ鯉のぼりコントラ・ヴェンテにわが身曝して

梅雨雲に圧《お》さるる水面《みなも》に一匹の魚跳ねしのち鉛のこころ

怺《こら》へつつ生きゐる父と知らぬ子の歌声ひびく〈歩こう、歩こう〉

喚《をめ》きつつ寝入りたる子の悔しさを怺へかねてや夜半嘔吐せり

軒下のてるてる坊主の項垂《うなじ》れ母に抗ふ子のたわいなし

神なき時代

見下ろしのヒマラヤ杉の尖《さき》断たれ神なき時代の若者さびし

舗道ゆく人それぞれの足取りにパッヘルベルのカノンは響く

まひるまの道ゆく人に影の濃き薄きがありてみづから知らず

大筒の火の粉の届かぬ群れにゐて祭のつひにあらざる一生《ひとよ》

発条《ゼンマイ》の緩み切るまで鳴らし置くメトロノーム
に晩夏のひかり

秋天の底

名人になれざる者の優しさや田中寅彦まばた
き多し

躊躇《ためら》ふやふたたび駆けゆくゴキブリのわが身
を出でて彷徨《さまよ》ふこころ

コスモスを摘みつつ交はす妻と子の声のみ響
きて秋天の底

駆けゆきし子らを追ふこと諦めて妻と我とが
眼《まなこ》を交はす

天井に逆さの骸《むくろ》をさらしたる蜘蛛の無念のゆ
くへを思ふ

流行神

流行神《はやりがみ》ルーズは去りてなにごとも無かりしごとく足首並ぶ

昼過ぎのホームに秋日あふれつつ百花の匂ひ女生徒の声

湯船よりあふるる我の身の嵩《かさ》や時雨やまざる闇に消えたり

バーボンの数杯を飲めば浮かび来る隠《こも》り沼《ぬ》ありて足を取らるる

傍らに人無きよりも人の在る孤独を思ふ不惑を過ぎて

爆音を響かせ去りゆく集団を生徒らは知るその悉《ことごと》く

盗る者と盗らるる者を隔てたる闇に破れし雨傘残る

ショベルカーゆふべ蠢くぶざまさに今日なししこと明日なさむこと

狂ひ咲き月余を散らぬ黄の薔薇の一刻・放恣いづれのこころ

青枯れて黄葉《もみぢ》の深まることもなき時代の銀杏《いてふ》
落葉掃き寄す

ひめゆり会館

修学旅行で初めて生徒を沖縄に引率する。

首里城ゆ国際通りの滞《とどこほ》り長く果てなく戦後の
沖縄

珊瑚礁赤く染めたる没《いり》つ日に浮かぶたましひ
白き鳥見ゆ

ひめゆりの小暗き黄泉《よみ》の会館にもとほり項垂《うなだ》
るイザナキ我は

ひめゆりの乙女の写真数百の何疑はぬ眼《まなこ》に冷
ゆる

蟹・カサゴ・鯛をぶち切り汁となすほかに術《すべ》
なく沖縄の幸

はるかなる空と海とに風かよひ耳敏《みみざと》くをり摩
文仁の丘に

まばらの口髭

口外は無用なること増えゆきて葉を次々と落としゆく木々

みづうみの藍深まりて冬近し海苔粗朶《そだ》深くこころを刺して

のど飴のひりりと滲む冷たさに交はさむ言葉ひとつ飲み込む

見回れる教室ごとに月明かり『絵のなき絵本』の月となりなむ

子の描くサンタクロースの口髭のまばらに黒し父のものにて

冬雲に圧さるる山の輪郭のくきやかにしてこの年の暮れ

Ⅱ（一九九九年）

余白の日々

セーターにて過ごせし我の二十代余白のごとく白くかがやく

合格を待ち更生を願ふ日々二月の教師は達磨のごとし

ガラス窓一枚へだてて舞ふ鳶の鋭角をなす眼《まなこ》に出会ふ

青き靄晴れなば懐かしき人ら語り掛け来む俊介「街にて」

自転車が宝物なる日々ありき俊介「都会」の隅にかがやく

鶯の涙

駅頭の人工滝に鶯の凍れる涙したたり初むる

グライダー放りつ追ひつの日の果てに脇差し
にして子の帰り来る

素戔鳴尊《スサノヲ》の憤怒を讃へたき思ひゴールポスト
を風薙ぎ倒す

茶畑のさみどりおほひたる丘に青き尾を引く
雪の富士見ゆ

葱ラーメン

平成十一年四月より、東京での内地留学を命じら
れる。

ヘリコプター気怠く過ぎゆく東京の二十歳の
我も眺めたる空

葱ラーメン啜りて眼《まなこ》を打たれをり単身赴任の
とある昼どき

籠もらひて独り聞き入るＦＭのシンフォニエ
ッタの轟き苦し

金管の雄叫びに酔ふ弱音器外《はず》せるけふの心の
ままに

かな文字の〈て〉の字にくねるいにしへは天
中川と呼ばれたる川

「やう」などと言ひてわが肩叩く友駅にゐたり
き　そののち会はず

鉄橋を渡り終ふればわが故郷レールの音の変
はり目に立つ

カウントダウン

ミレニアムのカウントダウンをなす表示日々
に仰ぎて立ち止まらざり

隕石の砕くる刹那の大音声《だいおんじやう》　朝のテレビにひ
と日の力

火打ち石打ちて授かる護符ひとつ隕石爆《は》ぜた
る欠片《かけら》のごとし

霧雨の舗道に開く雨傘の淡きを連ねあぢさゐ
の花

鯉の群れ

流れ入る水に肢体を打たせつつゆふべ緋鯉の動くともなし

流れ入る疎水の下に集ひ来る鯉も時代に倦みつつあらむ

水面よりうかがふ人の気配して鯉の眼《まなこ》のあるばかりなり

流れ入る水に鰓《あぎと》ふ鯉の群れ夜の電車に揺れつつ浮かぶ

痩身に焦がるる真夏の乙女たち魚たりし日の記憶たどりて

昼間見しビルの谷間の鯉の群れネオンに肢体濡れつつあらむ

神の領域

修学旅行でふたたび生徒を沖縄に引率する。

沖縄へ降りゆく機体に思はざる揺れありここより神の領域

敗荷《やれはす》の広き淀みあなたなる那覇見ゆ鳥鳴く豊《と》見城《みぐすく》より

砂糖黍畑を抜くれば石勘当いづこもTの字ばかりの此の島

秋の日に照りつ翳りつ浮かび来る残生はるかに久高島見ゆ

クマノミの出で入るのみの珊瑚礁しろき廃墟はわだなかにあり

女生徒のわが身を愛《いと》ほしむごとく接写をなせりデイゴの紅《くれなゐ》

遠吠え

自転車の前輪あらぬ方《かた》を向きその明るきに父われは居ず

亡き父の蔵書にわが書を重ねつつ幽明ひとつとなりゆく薫り

黙《もだ》深く帰れる父の冬雲に射し来るひかり子らの声あり

飛ぶ鳥の漂ひに入るひと掻きを呆然とわが眺めてゐたり

遠吠えを交はせる犬の声は熄《や》み生きの寒さに夕闇迫る

Ⅲ（二〇〇〇年）

花椿

冬木々の風に撓《しな》へる潔さたとへば『論語』の「恕」を見るごとし

掌中に握りてゐたる花椿黒ずみあらはれ子の病ひ癒ゆ

ヒーターの唸りに交じるすきま風　会議の果ては空しかりけり

雪被《かづ》く大知波峠《おほちば》見えわたり埋もれてをらむ廃寺の礎石

瓶割りの水一掬の冷たさを思ひ出だせり峠路は雪

熱源ひとつ

春浅き飛驒の山並み凍らせて空の高処に望の月あり

昨夜《よべ》月の冴えゐし飛驒の峰の上に熱源ひとつ日輪は出づ

中世の闇の彼方ゆ溢れ来る宗祇といふ名をとどめたる水

滾滾と水の絶えざる街の夜を踊り明かさむ人湧き出づる

豪雪に耐へたる絆《きづな》のごときもの合掌造りの木組み揺るがず

ゆく道に春のひかりの届かざる隈あり隈ごと消え残る雪

系統樹

自転車に乗り得し刹那男子《をのこご》は神を宿して眼《まなこ》明るむ

銀輪にけふ乗り得たる子のたどる系統樹の果て一本の道

ガラス器を抱ふるさまを見せし娘《こ》の背《そびら》は伸びて銀輪逸《はや》る

早口に物言ふ癖のやるせなさ父はなにゆゑ生き急ぎしか

わが知らぬ亡父《ちち》を語れる老い人の集ふ宴にわれ父とゐる

壺中琴

野仏の毀《こぼ》たれ次々倒れゆく夢より覚むれば地震《なゐ》の過ぎゆく

地震《なゐ》過ぐるときのま思ふ大きなる仏の御手《みて》を逸《そ》るる日や来む

人ひとり轢かれし噂伝へつつ〈ふれあひ広場〉にポピーの揺らぐ

凧揚げの法被を纏《まと》ふ若者の肩の荷《に》空へ預くるごとし

解体の作業ひと日に終へたれば棺《ひつぎ》のごとき浴槽残る

壺中琴かそけく響くうるはしさ　よき人はよき言葉を洩らす

長鳴きの犬にもゆゑよしあるならむいまいましさは夜半に谺す

食の月消ゆると見るや浮かぶかげ受精をなせる卵のごとしも

食の月復するまでを妻と見つ復することのあらぬ日重ねて

千畳敷カール

伊那谷の千人塚公園にて行なう合宿指導に加わる。

与《よ》田切《だぎり》の川原に墓標のごとき石累々としてゆく水を見ず

響き来る発破の音に一陣の風あり谷に死後の
静けさ

千畳敷カール斉庭《ゆには》のごとくしてハイカーみな
がらよき顔を持つ

千畳敷カールに流れし万年の時したたりて黄
萱、白百合

山頂は其処と見ゆれど届かざり神に蔑《なみ》されふ
らつく歩み

宝剣の頂き近き日輪ゆ射し来るかげの刃《やいば》のご
とし

甲虫の夜

きしきしと頭蓋の軋む音ありて甲虫長く夜を
睦み合ふ

帰省するごとに細れる妹の項《うなじ》を照らし花火は
開く

夏野菜食《は》めるすがしさ盆明けの代役アナウン
サーの微笑み

破れたるタモの隙《ひま》より夏の去り秋は来たれり
風従へて

水盤に活けたる秋草竜胆の影濃くなりてけふ彼岸入り

彼岸花この夏逝きたるたましひを髭籠《ひげこ》に入れてくれなゐ深し

肋骨の音

マリ・クレール・アランのオルガン高らかに全山紅葉の鳴りわたるかな

トーストの上《へ》を滑りゆくバターの香けふの愉しみ子らの言ふとき

犬蓼の穂先に連なる赤き美のつましさ仄かに人恋ふこころ

百舌の声響かひわが身ゆ肋骨の軋む音して秋深まりぬ

群鳥をすつぽり収め賑はへる欅のもみぢ銀杏のもみぢ

秋の野を分けゆく流れ覆水は盆に還らずといふ勢ひに

幾百の新車の並ぶ広ら見えその上空を漂鳥の
ゆく

世紀の扉

しなやかに父をすり抜けゆく子らのシュプー
ルに鳥舞ひ立つごとし

今世紀末の雪山降《くだ》りゆくリフトに浮かぶ影、
そして影

内蒙古馬の背に乗り旅せしとふ病ひ癒えたる
友の便りに

雪山を下りて紛るる冬の野に灯《とも》しと林檎つけ
たる一樹

歳晩の中央道の列に従《つ》き世紀の扉ともに抜け
ゆく

Ⅳ（二〇〇一年）

男の夢女の夢

老若の黒衣と見紛ふ群れに従《つ》き世紀初めの神宮参る

社殿へと続ける列の解《ほど》けゆき疎《まば》らなる夢見る新世紀

天使像、母子像ばかり刻まれて参道に立つ氷柱の列

氷柱にまつはる冷気のごときもの背《そびら》に負ひて世紀越えゆく

ホームより見ゆるボクシングジムの窓きらきらとせり暴力の燦

壁一枚隔つるジムとヘアサロン男《を》の夢女《め》の夢斜交《はすか》ひなせり

中吊りの国宝展の菩薩像車内にはなき笑み湛へたり

かぶら漬け

酒蔵に新しき酒醸《かも》しつつ古川春の沫雪やまず

黒塀の酒蔵のきは飛驒人は雪に濡れつつ声なく歩む

歯触りのすずしき朱のかぶら漬け飛驒の根雪の雪消《ゆきげ》を伝ふ

みぞれ降る街に醬油の濃き香り高山みたらし団子も辛し

山いくつ隔つる久谷の華はなし高山渋草焼の青と黄

狂《ふ》るるなら狂《ふ》れよとばかり舞ひやまず高山絡繰り人形の性《さが》

万歳楽舞ひつつ桜吹雪撒《ま》く花の化身の人形激し

時間の縁にて

スタンドに弾むボールの放埒を追ひつつ春のこころ定めず

あかときを山鳩われは勤しみて妻梟《ふくろふ》の眠りへ落つる

梅雨空に響かふ鴉の世迷ひごと寝そべりながら猫と聞きをり

画用紙を大きくはみ出す冬瓜に目鼻をつけて母といふなり

鬼やんまぎろりと光る眼《まなこ》もて見る眼差しは亡《ち》父《ち》のみのもの

真夏日のひと日時間の縁《へり》にゐて太郎は独りザリガニを釣る

太鼓打つ太郎の撥《ばち》はみづからの何に触れるや音定まりぬ

魅力ある学校作りを魅力なき教師のわれがひと夏思案す

海鳴り

次々に駒の消えゆく煙詰め夏の気配を詰め終へて秋

無花果の匂ひの著きところ過ぎ連れ立つ娘の声潤み初む

悲しみは日々に重《おも》ると思はねど黒く照りつつ秋茄子の垂る

台風は房総あたりを過ぎぬらむ海鳴りに栗の毬総毛立つ

白髪の小澤征爾の振るバッハかなしきまでに澄みわたるなり

合唱の人らいづれも背を伸ばし歌へり草木の揺らげるさまに

合唱の人らを逐ひゆく映像にカメラ目線のややに疎まし

葦毛湿原

秋は今ここより生《あ》るると思ふまでシラタマホシクサ穂の先の白

サワキキヤウ桔梗にまさりて沁むる青さはさはさはと藍雪《すす》がれて

頂きに中継所の塔聳えつつ其処を先途と街開けゆく

葦毛とは軍馬の毛並み湿原に鎌倉街道かよひしと言ふ

摺り足に木橋を行けり湿原の草生《くさふ》のこころに身を添はせつつ

輝きをいよよ増したる秋の日を背《そびら》に乗せてせせらぎ流る

ガンガー

臍の緒に繋がりし記憶あらねども糸瓜の太りゆくことをかし

太りゆく糸瓜はわづかに二つ三つ黄花はいま
だ狂ひ咲けども

秋野不矩美術館にて「渡河」を見る。

ガンガーを渡河する水牛胡麻粒の一頭となり
秋野不矩逝く

「清貧譚」ふたたび読まむ菊の精ひた恋ふ太宰
のこころになりて

鵯の群れ去りゆきて賑はひの余燼のごとく
黄葉《もみぢ》は深し

ラ・パロマ

夜の更けの暗渠に流れ入る音の淫らを聞きつ
つ早まる歩み

自然薯の地中に長く潜めるをたまはる素志の
白さとともに

刻々と陽射し増し来る冬の朝カーラジオより
ラ・パロマ流る

若きらのこえ谺するグランドの空より零《こぼ》るる
漂鳥の声

白々と光れるおろし大根を食《は》みつつ母も妻も語らず

還らざる子らの歳月愛《いと》ほしめど藤城清治の影絵の愁ひ

V（二〇〇二年）

ピアス

冬ざれの野に逸《はぐ》れたる子のごとき雀をあした夕べに眺む

女生徒はこの世の仇《かたき》おはやうを言はせるために街頭に立つ

「先生も大変ね」などと言ふ声に耳のピアスの説諭を忘る

腹這へる蟾蜍《ひき》はさながら春の神もろともに子は鷲づかみせり

半眼の石となりゐし夜の蟾蜍のぬるき水辺に放てば蘇生す

眼《まなこ》のみ池の底ひに動きをり蟇の体は泥土となりて

池の底埋め尽くせる帯ありてこやつ蟇なる分身蠢《うごめ》く

中世の名もなき仏師のかなしみを伝へて烈しき不動明王

〈南無大師〉〈南無観世音〉の紅き旗うつつ烈しき風に揺らめく

うつし世のわがうつし身を離《さか》りゆく思ひのありて白梅きよら

夢の欠片

校庭の欅の新芽くれなゐの数日を過ぎて静まりがたし

春されば潮の香りに誘はれ夢の欠片《かけら》の貝掘りにゆく

就寝の儀式となして鉛筆の数本《すほん》鋭く子の研《と》ぎゆくも

橙色の陽射しにカレン・カーペンター微笑めば蜂目交《まなか》ひを過ぐ

石楠花の群れ咲く尾根にはつ夏の光あふれて虻は去らざり

逸《そ》れゆきしボールを探す子と我はたる夕べの亡父《ちち》とわたくし

五月雨の夜半を目覚めて聞きゐたり蛙の声に濃淡あるを

山寺

山寺の杉の樹齢は幾百年見上げつつわが石段《きだ》登る

石窟のいづれにも骨収められうつつかの世を風渡りゆく

岩の上に座禅なしゐる異邦人伸びたる背筋は
天を指したり

山寺に眠れる死者に見守《まも》られて眼下を仙山線
は行き交ふ

山寺の麓に小さき電車見えうつつの闇の隧道
に消ゆ

〈山寺〉とのみ記したる緋の団扇この世に立つ
る風の涼しき

たましひの凝《ここ》りのごとき玉蒟蒻《こんにやく》我も我もと頰
張りてをり

背広も軽し

たそがれの霞城二の丸公園に銀輪あふれ茜乱
舞す

自転車に家路をたどる男らの背広も軽し県都
のたそがれ

信濃とは異なる黒く太き蕎麦出羽のあしたの
山霧深く

洋館の庁舎は厳めしく遺《のこ》り道の奥なる明治を
伝ふ

山並みの言葉を交はせる気配あり夜更けの蔵王を照らす月代

月かげの蒼く照らしてゐるばかり山形目抜きに人影を見ず

朝まだき〈つばさ〉は青田の出羽をゆく翔けゆく鳥の心となりて

雲のゆくへ

凩《こがらし》の巷に逢へる恩師より子のことのみを問はれて別る

父よりも優しき男に逢ふ日はやプーさんバック提げゆく娘

襖紙・座布団カバーのみ換へてこの一年の恥を雪《すす》がむ

ポストへと落とせし賀状の束ほどの厚みの鯛焼き提げて帰らむ

盗るよりも盗らるる性《さが》を嘉《よみ》すれど太郎の日々
はかなしかりけり

廃屋の玻璃戸に映る冬空の流るる雲のゆくへ
は追はず

山茶花の白とくれなゐ水と火の競《きほ》へる絵図を
鳥は啄む

失ひし手帳あらはれ読み返す若き日の夢けふ
の日も夢

初期歌篇

深海魚（一九八六年）

名も知らぬ深海魚岸に躍りゐて春立つけふの寒気震はす
（三保海岸）

東《ひむがし》の海の上《へ》雲の棚引きて船ひそやかに辷りゆく見ゆ

足下に丸き石のみ連なれり底ひより轟く春の潮騒

鬱勃と募る思ひを刺すごとく天より銀の一筋垂るる

長雨をふふみて黒くひそまれる土塊《つちくれ》のなか育ちゆくもの

ひたひたと地を打ちつくる雨音に混じりてひそけし地虫らの声

いつしかにしとど降る雨途切れゐて鳥ら響《とよも》す地より沸くごと

澄みわたる真青の空の精を吸ひ野葡萄の実の藍照り満てり

この真夜に告げたきことのあるは誰《た》れ沈黙《しじま》の中にコール残れり

海原に茜雲伏すこの夕べ波間にまたたく灯り恋ほしも

流木に群るる鴉ら夕闇の凪のしじまを劈《つんざ》きて鳴く

廃線とドッグのクレーンに囲まれて鈍色に日の溜まる貯木場

堂ひとつ在らざる丘の墓原に海より白き風吹きわたる

幾百の眼（一九八七年）

波の穂の立ち連なりてかがよへる海原われの幻わたる

銀鱗の躍る姿に海原を掻き揺るがせて疾風《はやて》は渉る

砂原の水平線と交はりて消えゆくあたり冬日は溢る

冬の日の翳れば翡翠の海の面はたちまち黒き怒濤と化せり

岩の上に飛沫巻き上げゆく風に水仙の群れ左右に靡かふ

潮風に靡かふゆゑか爪《つめ》木《き》崎《ざき》茎のみ長き水仙群るる

埴色の丘陵みどりに烟りたち清々しかりわが新任校

養老院、リハビリ施設をやり過ぐし辿る野末にわが新任校

銀輪を手に押し登る急坂の傍ら抜ける酷きスピード

生徒らを測る尺度の何か在る我を迎ふる幾百の眼《まみ》

撒水《さっすい》は新入部員の務めとて真白き夢の塔築きをり

夕まぐれ犬を仕置てゐる声のじやれ来るままに華やぎにけり

篠懸の街路の果てゆ粒をなし光の零る梅雨明くるらし

けざやかに天龍川の照り初めて眼下の家並み夏に入る見ゆ

唐黍の穂先鋭く天を突き三方ヶ原に雲だにも見ず

沸き上がる夕べの微風、蟬の声　身を貫《ぬ》けるもの地より生まれて

ここにして炎暑のヴェール破るるか水噴き上がり礫《つぶて》と落つる

沸き上がりまた沸き上がる水のごと我はありしや言《こと》告ぐるとき

蓮葉《はちすば》の広き下より生《あ》れ出でて池のめぐりをアカネ群れ飛ぶ

生れ出でて幾日《いくか》もあらぬアカネなれ我に一定距離を保てり

薄紅の蓮《はちす》の色の褪する頃アカネの群れの朱《あけ》深むらむ

さみどりの湖（一九八八年）

ゆくりなく友と歩める参道の旋風《つむじ》ひかりを巻きて纏はる

揺れやまぬブランコの上に浮かび来る汝《なれ》の姿よ幼きままに

交はす声杉の木立に呑まるるも木々を伝はり降る心地する

茅葺きのみ寺の軒を伝ひ来る光陰《とき》の滴《しづく》のごときもの見ゆ

この庭は冬の寒さを押し返す朱き芽吹きの樹々空おほふ

枝のみが繁《しじ》に広ごる桜木の彼方ゆ洩るる陽射し明るし

紫雲英田《げんげ》をときをり過ぐる稲妻のごときを浴びて子ら群れ遊ぶ

谷あひはなべて若芽のさみどりに湖なして恵みを湛ふ

おのがじし春に満ちたる心地して大地になだるるまでの連翹

散りしける桜の蕊を踏み鎮めみ寺の庭を歩み来にけり

道北、道東へ生徒を引率、五首

上川の街を過ぐれば何処にも田のひとつなき谷うち続く

入る人もなき地の果ての濃きみどり夏の狭霧がたゆたひてゐる

麓まで霧流れ来る夏野原しろき薄荷の花咲き群るる

悠揚と緑の山並み定まりて北の果てなる空雲の湧く

薄明のオホーツクへと知床の山並み入りてその果てを見ず

穂芒の群るる野を分けゆく川の緩やかにして高き瀬の音

滝壺の飛沫の中に谺するなべての木の葉を散らす轟き

月光に一夜濡れたる山並みは明けて黄葉《もみぢ》の冴えまさるなり

晩秋のひかりは西の空に寄り赤く燃え立つ剣《つるぎ》となるも

とりどりのもみぢの如くとりどりに老年ありと若き三四二は

遠き輝き（一九八九年）

春野「山の村」へ生徒を引率、四首

せせらぎをおほふ若芽の枝えだを仰ぎて歩めば静まるこころ

廃校の庭に昼餉をしたたむる落花やまざる静けさのなか

黙々と歩きしのみの子らなるに呑まるるほどの緑と記す

著《しる》き香を芽吹きの木々は放ちたり子らのさざめき谺するなか

正論と覚しきものに射貫かれてやがて湧き出づ鈍き痛みが

登校を拒み初めたる子を訪ね梁のツバメの出で入るを見ぬ

母と子を前に言葉を探しをりこの紐帯に敵ふものなき

感想は如何にと問へばうつむきて耳のみ立てる生徒達なり

返さるるテストを互みに見せ合へる生徒よ空には鳥が飛び交ふ

グランドに雷雨のあがりてひとところ遠き記憶のごとき輝き

御岳スキー場、六首

〈百草丸〉〈七笑〉とふ看板の嶺まで続く飽食の世に

雪かづく御岳最中《もなか》に立たしめて紫ふかし空の極みは

スイフトの不安といふをふと思ふリフトの下に素枯れたる樹々

ゲレンデに向かふ自動車《くるま》に照らされて曝かれてをり山の墓原

ゆゑ知らず沸き上がり来る哀しみか雪原赤き夕映えに在り

深山分け集ひし者らの一念を思ひみよとぞ居並む石塔

椿は春の木（一九九〇年）

山裾の廃寺の跡といふなだり椿は競ひ墓石を隠す

忠霊塔もなかを占めてなだりには苔むし崩《く》えたる墓石転がる

雑踏に幼なじみとふと出会ふ椿のごとき唇見せて

陸奥《みちのく》の果てまで椿を伝へしは遊び女なりと柳田記す

椿咲く杜を出づれば黒潮の流れやまざる遠州灘見ゆ

僅かづつひかり強まる朝あさに椿の深きみどりきらめく

散り頻り土《つち》に花弁の溜まるころ椿は春の木春闌けて来る

湧く水は富士の根雪の滲み入り此処に至りて地より溢るる

（柿田川湧水）

湧く水を遠く囲みて藻が揺れて水の流れのまにまに揺るる

一定の間隔を置き湧き出でて大地の鼓動を伝へゐる水

湧く水にしばし心を遊ばせて幼かりし日の記憶を辿る

湧き出づる水見つつゐて許せざる思ひ一つが失せてゆくなり

文明の魔力と言はむリフトにて登ればみるみる開けゆく視野

御泉水といふ山水の湧くところひび割るるまで底渇きたり

山里の静かな怒りを思ふべし展示ケースに戦時の遺品

草原に群るるあまたの牛たちの無為といふほかなきさまにゐる

一心に草を食《は》みゐる乳牛の首を垂れつつ身じろぎもせず

唐茄子の花（一九九一年）

春の湖《うみ》速き流れを背に負ひてただ繰り返すスタートダッシュ

我の血と繋がる黒き流れあり春の嵐に揉まるる湖《うみ》に

湖を埋めて広げ来たる街その危ふさが古地図に浮かぶ

我のみが立ちたる丘より眺むれば湖の上に鳶舞ひ廻る

地に打てる礫の返るさまに舞ひ燕は意志あるものの自在さ

柿若葉洩れ来る光は食卓のシラスの小さく青き眼を射す

日盛りを杖の代はりの乳母車押しつつ半裸の老女過ぎゆく

唐茄子の黄の濃き花のにほひつつ朝のしじまを木魚の響き

蟬時雨けふも止まずと記されて亡き父のメモ以後を絶えたり

点滴に耐へゐる妻と眺め入る暑きひと日の落暉のすがた

つややかに蘇鉄のみどりは撓ひつつ我の残余の刻《とき》こぼしゆく

雷鳴はかすかに聞こゆホルマリン漬けの臓器を眺めつつゐて

求愛の哀願調のあまたある極彩色の壁の落書き

目に見ゆる風とはなきに里芋の葉はさはさはと夏日を零す

脱け殻を樹々に残して飛び立てる蟬ことごとく響きとなれり

休日の時間《とき》の流れを注ぎ入れ貯水タンクに留まる秋の日

黄ばみたる玉蜀黍を吊したる軒の向かうの秋の漆黒

いちめんに背高泡立草なびき赤く錆びたる鶏舎を隠す

ホタルの交尾（一九九二年）

卒業の迫る生徒と産卵に至るホタルのビデオに見入る

熱帯の湿原の底を耀かせ幾億万のホタルは舞へり

数日にて闇へと還るホタルなり輝きさながら命のひかり

投げ入るる螢の光に顔《かんばせ》を見る物語あり古代の闇夜

暗闇に光を放ち求め合ふホタルの愛は端的にして

ノイローゼ治りつつある女生徒のホタルの交尾ともに見てゐつ

空にいま漂泊の思ひ浮き上がり雲の速さにゆく飛行船

翅と胴もがれてよろぼふ虫として冬野に荷台なきトレーラー

歌論・エッセイ

湖月館探訪小記

十七歳のとき読んだ福永武彦の『忘却の河』は、例えば百目鬼恭三郎氏の「現代日本文学の中で最上の作品と断定せざるを得ないのである。」(「50冊の文庫」49「週刊文春」昭和60年2月7日号)という評言があるように、知る人ぞ知る傑作である。とりわけ最終章「賽の河原」に描かれた、幽鬼漂うような「日本海沿い」の侘びしい風景には強く心を奪われた。

その舞台は源高根氏の指摘するように、昭和三十七年の出雲への講演旅行の折に見た羽根の海岸などの印象から思い描かれた架空の風景とするのがよいようだ。しかし、私は『忘却の河』刊行の翌年、初めて訪ねたとされる能登の富来《とぎ》町一帯の風景が影を落としているように思われてならなかった。

この夏、十年来の念願がかなって、能登金剛と呼ばれるこの辺りを訪ねる機会を得た。富来《とぎ》港、関野《せきの》鼻、ヤセの断崖と巡ってその思いをさらに強くした。

さて、湖月館はこの富来の町に古くからある旅館で、福永がこの宿とおかみさんの人柄とを如何に好んでいたかは「貝あわせ」(『遠くのこだま』所収)という随筆に見るとおりである。

前日に姿を見せなかったおかみさんに出立の朝お目に掛かれたので、私の疑問を少し投げ掛けてみたところ、その件については初耳ですがと断られた上で、私信まで交えて四十分にわたり福永夫妻との親しいお付き合いを語って下さったのであった。

夜もすがら春のしるべの風ふけど増穂の小貝
くだけずにあれ

この一首は生前、福永がこの宿のおかみさん、畑中幸子さんに捧げたものである。「増穂の小貝」とは幸子さんの温かで少女のような純真さを失わぬお人柄を言うのであろう。推理小説まで物した福永に翻弄されて謎はいまだに解けぬままだが、お土産にと渡された桜貝以上に何物にも代え難い大事な頂き物をして来た旅であった。

（「まひる野」一九八六年一〇月号）

偶然と必然

「もはや戦後ではない」と「経済白書」に謳われたのが昭和三十一年。その年に生まれた私には、〈戦争〉はすでに過去のものであった。しかし、崩れた防空壕から奇跡的に救出され、機銃掃射で友が斃れた想い出をまるで神話ように幾度も母から聞かされた私には戦争はまた身近なものでもあった。

浜松の実家の天井には艦砲射撃の砲弾の破片が長く突き刺さっていた。私が生まれたのはその部屋である。遠州灘の砂浜には浜名海兵団のトーチカがいくつも残っていた。東京オリンピック（昭和三十九年）前後の想い出である。

私の父は昭和三年の生まれ、母は昭和四年の生まれである。辛くも戦地に向かうことを免れた世代である。そのせいでもあろうか、戦地で悲惨な現実を見て来た上の世代の方が鬱屈し口籠もりがちなのに対して、この世代の方は純粋に戦争を憎み平和を願う思いが強く、その思いのままに生きて来たように見える。私もまたその影響下に生きて来た。

昭和三年生まれの歌人に岡井隆、島田修二、馬場あき子、橋本喜典らがおり、昭和四年生まれには雨宮雅子、高島健一らがいる。こうした作者たちは最も多感な年代を戦時下に過ごし、気が付けば全てを失って焼け野原に立っていたのである。こうした作者の作品からその無念の声を聴くのである。

母がさかんに銃後を語ったのに対し、父は戦前の話をついに一言も洩らさなかった。そのくせ軍艦が載る「丸」を長く購読し、「異国の丘」をふと口ずさんだりもしていた。私にはそのことが長く謎であったのだが、今にして思えば戦争を憎みつつも幼少時の懐かしさまでは断ち切れなかったということだろう。

招魂社の鳥居のもとに口むすびべしみのやうなり父のだんまり　一ノ関忠人『べしみ』

私と同じ昭和三十一年生まれの歌人に一ノ関忠人がいる。その第二歌集『べしみ』(平一三)の「あとがき」には、「戦時中の価値観に身をゆだねて青春時代をすごした父」を理解すること、「戦後、戦後以後」の意味を問うことが自らの「課題」だと記されている。その父は「べしみ」のように「顔面苦渋に歪みながら」昭和の終焉を、そしてその晩年の病苦に耐えたのである。

私の父もやはり昭和天皇を追うようにして亡くなった。それぞれの胸中にあったものは何であったのだろうか。〈生きる〉とは無念を抱いたまま亡くなった者の思い抱きつつ、自らの生を二重に三重に〈生きる〉ことではないだろうか。

母の胸に抱かれて死ぬ青年は戦争といふ理不尽に死ぬ　橋本喜典『悲母像』

橋本喜典は父と同年に生まれ、私の父が亡くなったころ大病に倒れ、奇跡的に甦っている。私は橋本の作品にしばしば亡き父の声を聴く思いがするのである。

掲出歌は「小淵沢の小淵の森にひっそりと建つ」フィリア美術館で出逢ったドイツの彫刻家、ケーテ・コルヴィッツ（一八六七〜一九四五）のピエタ像を歌う。辛うじて生を保った作者であればこそ、戦争という「理不尽」に生を失った者とその母の悲しみを痛切に感じるのである。「逆縁」という言葉があるが、それは天が然らしめるもので、この歌の訴える「理不尽」は、天ならぬ人が為したことである。戦争が〈悪〉以外のものではないことをこの作品は静かに訴えている。

「落葉帰根」の念願をふと口にせり笑みて殺
された行ける村長　　川口常孝『平たりき』

私が「まひる野」で短歌を作りはじめた頃、巻頭ページの一隅を占めていたのが、川口常孝の「兵たりき」であった。その後『兵たりき』という一冊にまとめられた。「あとがき」には昭和六一年一月号より平成四年十月号にかけての連載であったことが記されている。川口の長い作歌生活の晩年に、あたかも遺言のようにして創作された作品群なのであった。

この『兵たりき』の巻末には、「偶然に生まれしわれを必然に転換をする今日八月六日」、「八月十五日膝を屈して一応の終焉とせんわが『兵たりき』」の二首が並ぶ。掲出歌の「村長」の「念願」と同様に、死を賭して理想を追い、未来を信ずる中に〈生きる〉ことの意義があることを伝える。死してなお、川口はこのことを読者に語り掛けている。

弔慰金手続き老母《はは》に代はりてす名のみ知る伯
父正十、勝治の　　柴田典昭

（「短歌研究」二〇〇九年八月号）

緊張した心の状態

今年の一月に亡くなられた同郷の歌人、寺田武さんに短歌随想集『初雁の使ひ』（平成一六年九月刊　私家版）がある。その中で寺田さんは窪田空穂の「作家問答」の一節を引きつつ作歌の心構えを説かれていて、私も初心に返る思いがした。私も折に触れ空穂の作品や歌論を作歌の支えとして来たからである。

すなわち、「歌を作るには、熟した心か又は緊張した心、凝縮した気分が必要だ」という一節で、寺田さんは「大いに緊張して作歌しなければなるまい。」と自らの言葉でその文章を結んでいる。

マンネリ脱出法を考えるのに、ここで「緊張感」を言うのは、かなり乱暴な言い方だとも言えよう。技術論で考えるべきところを、精神論で乗り切ろうと言っているからである。

しかし、あの手この手で活路を求めるよりも、気分を少し変えただけで納得のゆく作品が出来るということは多いように思う。この気分の変化を突き詰めていくと、「緊張感」あるいは「凝縮した気分」ということに行き着くのではないだろうか。

「お天気屋」という言葉がある。我が儘な生き方かもしれないが、その日その日の天気や気分に出来るだけ合わせて生きることが、最近、不思議なほど心地よい。

気の滅入る日は無理をせず、敢えて暗い音楽を聴き、重い本を読む。快晴の日はおのずと喜びが増幅するように務める。自然のリズムに合わせて、心にメリハリを付けて行くと、なぜか作りたい歌が見えて来ることも多い。

私にはまだ「熟した心」の自覚はない。たぶんそうした心はついに持てないまま終わるのだろうと思う。また、意識的に「緊張感」や「凝縮した気分」を生み出して行くような、精神的な強さに欠けているることを残念ながら自覚せざるを得ない。

あらゆる生き物が自然や環境に全力で対処し、命を全うしようと務める。われわれ人間にとっても「自然のリズム」に対する感受性、そしてそれを生かして行くのが大切なことではあるまいか。

そうした意味での「緊張感」であるならば、私のような者でも持てないということではない。そしてこの「緊張感」を以て人の営みの方も見渡すと、不思議と見えて来ることも多い。しかし、未熟ゆえその「緊張感」が長くは続かないことが、目下、悩みの種ではある。


（「短歌」二〇〇五年八月号）

禅僧の歌う雪月花、そして風
――大下一真論

一

箇浄に生き得ざる身に百花咲き咲き衰えて緑陰の闇

大下一真の第三歌集『足下』の巻頭歌である。季節は春から夏へと移り変わる頃であろう。「百花」と「緑陰の闇」とのあわい、その華やぎと翳りの中に大下の日常がある。大下のふだんの佇まいが、生きる姿勢が、こうして浮かんで来る。

大下は一九四八年七月、静岡県賀茂郡賀茂村宇久須に生まれた。一九六四年「まひる野」入会し、一九六八年、二十歳で第十三回まひる野賞を受賞した。二〇〇五年、第三歌集『足下』により、第三十一回日本歌人クラブ賞を受賞する。一九八七年には「方代研究」を創刊し、編集に携わる。短歌の創作のほかに旺盛な研究、評論活動も展開しているが、ここではそのことには触れない。

二

花の寺、瑞泉寺の住職にして歌僧である大下一真の歌人論をその花の歌を見ることから始めよう。

大下には現時点で、『存在』（一九八八　まひる野叢書第八四篇）、『掃葉』（一九九六　まひる野叢書第一四七篇）、『足下』（二〇〇四　まひる野叢書第二二〇篇）の三冊の歌集がある。それぞれ大下が四十歳、四八歳、五六歳のときの歌集である。

花、それも桜を歌う作品が大下の三冊の歌集では目に付く。『存在』には七首だが、『掃葉』には三十七首、『足下』は三十六首の多きを数え、後年に至るに従い、その数を増している。

よきものは一つにて足るその一つ失せしよ桜の老木仰ぐ

西行も秀吉も歴史の中の人咲きて今年も桜散りゆく

　この二首はともに第三歌集『足下』に収められた作品である。第一首は窪田章一郎の死を悼む連作、「頭垂る」の末尾を飾るもので、章一郎の『素心臘梅』に収められた絶唱、

よきものは一つにて足る高々と老木の桜咲き照れる庭

を踏まえている。大下が歌の師、章一郎から継承したものは、「桜」という一語を通して初めて表現できるという思いなのかもしれない。

一方、歌僧の大下には西行がどのように意識されているのであろうか。その手掛かりとなるのが第二首である。「秀吉」から連想されるのは醍醐の桜のイ

メージである。しかし、「西行」も「秀吉」も遠景として描かれており、過剰な思い入れがあるわけではない。ただこうして歌に取り入れることで、西行らへの意識、歌僧としての自覚があることを表明しているのである。西行が開いた世界に自らが開く何を加えたいと言うのであろうか。

これの世は夢なればよき夢見よと春一山を染むる桜か
黙然と花保ちたる幾日の桜ゆるびて花こぼし始む
花の降る下に酌みにし八人の一人が欠けて今年も桜
悔恨を重ね重ねて生きん身に光りつつ闇に飲まるる桜
照らされて夜の桜が抱く闇　闇無きものは美しからず

『足下』より「夢なれば」と題する連作五首を引く。

大下の桜に寄せる思いはまず第一首によく表れている。西行や章一郎の憧れ心に繋がるのは大下のこうした部分であろうか。

第一首でうかがえる認識は形を変えて、第二首、第三首にうかがうことが出来る。それはどういうことかと言えば、花の美しさ、麗しさは容易に日常に潜む〈死〉の意識や無常観へと転じてゆくものだということである。最初の認識がこうした認識、表現へと直ちに転じてゆくところに、大下の歌の真骨頂がある。さらにそうした認識の現れとして、第四首、第五首に描かれる、「闇」と「光」とのあわいに浮かぶ桜のイメージがある。とりわけ第四首は、

ちる花はかずかぎりなしことごとく光をひきて谷にゆくかも

という上田三四二の名歌（『涌井』）を連想させずにはおかない。

〈死〉の〈闇〉に、そして虚無の〈闇〉に浮かぶ

〈生〉。現世の〈生〉の比喩としての桜という〈花〉のイメージ。〈死〉を見つめ続ける僧侶ならではの花の歌と言うべきであろう。

万朶なる花統《す》べ桜は花冷えのしんたる闇に春の王たり

ひとけなき山中に咲き山中に散り行くときを桜かがやく

遠山に身近き庭に咲き盛り桜浄土の十日間ほど

ぼんぼりの明かりに舞い来て去る桜一期《いちご》は夢の幾千の片《ひら》

『足下』より桜の歌、花の歌をさらに引く。第一首、第二首が「桜散華」、第三首、第四首は「桜浄土」の連作に収められたものである。

　第一首では「花冷え」の中に「しんたる闇」を見据えている。第二首、第四首では桜そのものがそのまま全き人生の比喩となっている。第三首における「桜浄土」、第四首における「夢の幾千の夢片《ひら》」のイメージは、先ほど見た「夢なれば」の連作の気分をそのまま引き継いでいる印象がある。

三

納骨を終えて族《うから》去りしのち墓原明るく降る桜花

遠山に桜けむれる墓原に骨を収めて人帰りゆく

光りつつ高く高く風に舞い行きし桜の花びらの終りは知らず

夜の雨かそかなりかの山桜闇にあまたの花降らせいん

さらさらと桜花びら滝なしてこの夢の世の春美しも

夢といえど夢のほのかなるもの見えぬこの世の闇を散るちる桜

鎌倉の山のなべては桜にて春は滅びし者へ供

ここから溯って第二歌集『掃葉』における桜の歌を見てゆくことにしよう。第一首、第二首は「桜」、第三首、第四首は「終りは知らず」、第五首、第六首は「滝なす桜」、第七首は「花」の連作より引く。『掃葉』は大下の四十代の作品を収める歌集であるが、第四首までその前半の作品、第五首以降が後半に入っての作品である。

まず、第一首と第二首は「墓原」と「桜」、すなわち〈死〉の闇と〈生〉の輝きを対比する作品である。しかし、第三首以降は桜花に酔い、この世での生に酔いつつ、次第に醒めてゆく作品へと転じている。この時期に二相の桜の花が詠まれ、その対比が意識されていることは注目されよう。

『掃葉』の中で「花」「桜」の歌にも、それに纏わる想念の深まりが見て取れる。それは『足下』ではっきり示された〈闇〉と〈光〉との対比の構造への道程を示すものではないだろうか。

「解脱」と言うのか、どのように言うべきなのか、正確なところは分からない。ともかく大下はこの時期にこの世を見据える視点を確立し、〈生〉にたじろがぬ覚悟を固めたのではなかったか。第七首のような柄の大きな作品からはそうした覚悟の程が伝わって来るように思う。

追憶に風あり風にいっせいに桜吹雪けり　人と別れき
人ひとり死ねば悲しむ幾十の肩に輝き降る桜ばな
鮮やかなる一生ならねど満開の桜の下に逝きし父はも

さらに溯って第一歌集『存在』に歌われる桜を見てみよう。ここでの桜は『掃葉』以後の桜とは異なり、眼前の現実や過去の記憶と密接に結びついている。第一首は「春愁」、第二首は「桜ばな」、第三首は「歳月」の一連より引く。また、『掃葉』、『足下』

の場合とは異なり、『存在』には桜だけを歌う連作はない。また、想念としての桜は形をなしておらず、それを歌う作品は存在しないのである。

『掃葉』において初めて「桜」を歌いつつ、自らの〈生〉にたじろがぬ覚悟を固めたのである。しかし、この時期はまだ桜を見れば桜に纏わる記憶が蘇り、心が揺れるのである。心の自然に従って、呆気ないほどの無防備さで心が揺らいでいる。大下の桜の歌、花の歌はここから始まり、深化を遂げて行ったのである。

四

花の歌を見た行き掛かりに、大下の雪の歌、月の歌を見てみたい。手始めに三冊の歌集から雪の歌、月の歌を探すと興味深い事実に突き当たる。『存在』では雪の歌は二十三首、月の歌は十六首、『掃葉』では雪の歌は三十七首、月の歌は五首、『足下』では雪の歌は七首、月の歌は一首と、齢を加えるにつれ、雪の歌、月の歌は減少してゆくのである。これは、桜の歌が加齢とともに増加して行くのとまさに好対照をなしていると言えよう。

図式的に言えば、『存在』は月と雪の歌集、『掃葉』は雪と桜の歌集、『足下』は桜の歌集と言えるだろう。そこには〈生〉を見据える眼に鋭さと激しさを加えながら、諦観とゆとりへと向かう禅僧、大下の心境の変化が反映しているように思う。

無尽数《むじんず》の哀楽生きのわれにあり冬のはじめの雪聴いている

生き難きまた死に難き日々《にちにち》の裸木を曝し月光下る

月光のかく降る下を歩みつつ透きとおらざるわが体あり

いのちまで冷えてはおらぬ吹雪く中歩みて火照る耳たぶ二つ

第一歌集『存在』に収められた「月下」の連作よ

り四首引く。大下の三十歳前後の作品である。あれこれ論ずるまでもなく、若い僧の気概のようなものが圧倒的な迫力で迫って来る作品であろう。

月光は仏の眼差しの喩えのようにも、永遠なるものへの憧れの喩えのようにも思われる。雪、吹雪は「生き難き」「日々《にちにち》」の喩え、あるいはその途上に出逢うさまざまな障碍の数々の喩えと言えようか。

しかし、そうした賢しらな解釈を超える歌の力と言うべきものを、此処に感じずにはいられないのである。「月下」には大下の禅僧としての原点、歌の原点とを思わせるものが在る。〈雪〉と〈月〉とがここでせめぎ合い、〈存在〉というものの相を見せつけているように感じるのである。

月明におのれ研ぎつつ梅の枝の冬を鋭く天に対《むか》えり

獣も虫も眠りに入らしめて冬の大地が月光を浴ぶ

第二歌集『掃葉』の月の歌は五首である。その三首が「昭和終れり」の一連に収まる。そこから二首を引く。第三歌集『足下』には月の歌は一首あるのみである。

雪の中歩みし犬の足跡の踵返せる墓地の入り口

雪原にたどり来し鳥の足跡の不意にとだえて空蒼きかな

墓原の幾千人の沈黙にやわらかき雪が積もりなお降る

雪の歌に移ろう。『掃葉』の「雪の朝」より三首を引く。ここには慈愛の眼差しと言うと少し大袈裟かもしれないが、優しいものが漂っている。月の歌に通ずるもののようにも感じられるが、より地上的、人間的なもののように思う。三十七首を数える『掃葉』の雪の歌には、こうした優しいものが多いのである。

一方、『存在』に収められた二十三首の雪の歌には、激しさと厳しさを感じさせるものが多い。真っ先に浮かぶのは次の一首である。

　われと同じ思い抱きて来し人か砂丘の果てまで続く足跡

実はこの一首は『存在』の巻頭歌である。誰とも分からない「人」の「足跡」に自らの歩みを重ねて、その孤独を寂しむ、若き日の作品である。『存在』の雪を象徴する一首であろう。

そして生者ばかりでなく死者や鳥獣まで視野に入れて、その「足跡」に生きとし生けるものが免れない孤独を慈しむ、『掃葉』の「雪の朝」三首がある。三十余年を経て、大下はこうした処へと辿り着いたのである。

　遠山に雪は残れり亡き祖父を恋うるに似て訪う空穂の生家

『足下』の雪の歌は七首である。その中で、「空穂の生家」に収められたこの一首には、不思議なほどの安らぎと懐かしさとが漂っているように思う。

五

こうして〈雪月花〉の歌を追うことで見えて来るのは、大下の心が自ずと定まりゆき、深まりゆく姿である。四十年近い歌歴と僧侶としての日々を考えれば、それは当然のことであろう。しかし、大下の心の底に潜んでいた、「凶事《まがごと》の多かりし族《うから》」（『掃葉』「喜寿の祝いを」の連作に見えるフレーズ）という不安と負い目のことを措いては、何も論じたことにはならない。〈雪月花〉への拘りはこのことを視野に入れて初めてその本質が見えて来ると言えよう。

　兄二人迎え得ざりし不惑なる誕生日をわが祝われている

夭折の家系に生き得し四十年の重さ多くの人知らざらん

平穏に過ぎ来し四十年ならずこれより先の明暗知らず

『掃葉』の「明暗知らず」より引く。内容については論ずるまでもないだろう。こうした非情の運命を如何に受容し、意識の上で乗り越えて行くべきなのか。大下の作品の背後にはこうした畢生のテーマが潜んでおり、〈月の歌〉から〈雪の歌〉へ、〈雪の歌〉から〈花の歌〉への変化というのは、そうしたテーマと密接に、そして複雑に絡み合っている。

島田修三の「大下一真との出会い」と題する『存在』の跋文は、父や兄二人をめぐる「凶事《まがごと》」とその重さを論じ、三十代までの大下を鋭く捉えたものである。また、小林峯夫の「『存在』の「闇」のゆくえ」(「まひる野」二〇〇五・五)は、「闇」という言葉を手掛かりに、大下の暗黒意識とでも言うべきものを丹念に分析している。ともに大下の歌を論ずるときの起点となる評論であろう。

さて、〈雪・月・花〉の他にも、『存在』、『掃葉』、『足下』を通して歌われている素材は多い。「ふるさと」「兄」「父」「光・影」「蟬、蟬しぐれ」「風」「人・人間」などがそれである。ここでは「風」について取り上げてみることにする。

六

「花に風」、「花に嵐」の言葉がある。「風」とは大下にとっては如何なるものであるのか。三冊の歌集それぞれに「風」は十首近く収められており、欠かせないテーマの一つであると言える。

前の世と来世をつなぐ刻ありて夜の篁にこもる風音

一本の竹が一生に受くる風の量など思えり夜を一人いて

篁をとよもすあれは地に生れし原初の風の裔

にあらずや

『存在』の「風」の連作より引く。ここでの風は抗い難い運命の喩えのように思われる。「原初の風」の言葉の通り、若き大下の心の奥底ではこの風が吹き荒れていたのであろう。

黄昏に風あり伸びて藤蔓の一途なれども虚空を出でず

山中の六月緑陰そうそうと風吹きわたりわが子生《あ》れたり

西風《にし》吹けば浪音迫る寒村の住持は無頼の過去言わざりき

『掃葉』の風の場合はどうか。第一首は『掃葉』の巻頭の連作「藤蔓」、第二首は「風吹きわたり」、第三首は「法衣の父子の」の一連より引く。

『掃葉』は巻頭歌がまず風の歌である。これは『掃葉』という歌集の性格を物語っているように思われてならない。風に従いつつ逆らいつつ、落ち葉を掃き集める禅僧のイメージである。第二首のように珍しく明るい風もある。運命的な力に対して素直に頭を垂れている印象である。

第三首は大下が風に拘る理由を明かしているような作品である。西伊豆の賀茂は、冬になると駿河湾を渡る「西風《にし》」が、日ごと夜ごと激しく吹き付ける。原風景などという穏やかな言葉では済まされない、大音声を上げ烈しく迫る運命的な力そのものなのである。この「西風《にし》」の力に抗い続ける覚悟こそが、大下父子をつなぐ絆の証しでもあろう。

六月の四日さしたる話題にもならぬ一日がそよそよと過ぐ

逃げることかなわぬ竹がごうごうと吠えつつ台風の風に抗う

哀楽の哀多かりし歳月のふるさとの冬西風《にし》荒るる海

『足下』の風の場合も、『存在』、『掃葉』の風の歌に繋がっているものがあるように思われる。第一首は「そよそよと」の連作より引く。この歌に「風」という語はないが、直前の二首が「若葉風」を歌う作品なので、そのイメージを承けている。六月四日は言うまでもなく天安門事件が起こった日である。

第二首は「深みゆく秋」、第三首は「墓誌の字を」の一連より引く。いずれもこれまで見て来た、『存在』、『掃葉』の「風」を再確認しているようにも見える。このように見て来ると、〈雪・風・花〉の歌とは異なり、風の歌からは大下の変わらぬ部分、頑なに変えようとはしない部分がくっきりと浮かんで来る。そして、ここでは省略に従ったが、「ふるさと」「兄」「父」「人・人間」など繰り返し歌われている素材では、同様に変わらないことを志向しているものが多いのである。

七

大下の三冊の歌集、『存在』『掃葉』『足下』の〈雪・風・花〉の作品を通して変化し、深化し続ける大下の姿を確認した。また、そうせざるを得ない大下の内面を推し量ってみた。一方、「風」の歌を通して大下の変わらない部分、頑なに変えようとはしない部分を見ることができた。そして変化を求める心と変化を拒む心とは同じ淵源から発していることも想像することができた。

さて、そもそも一首の歌の深さとは何であろうか。或いは一冊の歌集の深さ、さらには歌集ごとに深まってゆく歌の深さとはどういうことであろうか。私の此処での試みに意味があるとすれば、それは大下一真という歌人の姿を多少なりとも浮き彫りに出来たことのほかに、そうしたことの手掛かりが見出せたということではないだろうか。

切実な思いがあるから歌いたくなる。そうして折りあるごとに原点へと立ち返り、その思いを歌で確認したくなる。一方、切実であるがゆえに変化を求め、その思いを乗り越えようとする。変化を求める心と拒む心とのせめぎ合いの中で、真実の歌は紡がれ、深化を遂げてゆくのではあるまいか。
『存在』『掃葉』、『足下』の三冊の歌集は私にそうしたことを思わせてくれた。大下一真の作品はわれわれに〈歌〉そのものへと向き合うことを促してやまない何かを孕んでいるのである。

（「まひる野創刊60周年記念号」二〇〇六年三月）
（転載にあたり大幅な改稿を行った。）

〈ミクロコスモス〉の時代
——短歌における〈瑣事・私事〉の深化

〈瑣事・私事〉は短歌でどのように表現すべきだろうか。と言うより、そもそも短歌で〈瑣事・私事〉を表現するとはどういうことなのだろうか。こうしたことを考えるときに、常に私の座右にあるのが、高橋英夫『ミクロコスモス　松尾芭蕉に向って』（平元）である。高橋は芭蕉の俳諧を考えるのに、〈ミクロコスモス〉と〈マクロコスモス〉の二語をキーワードにして論じてみせた。これから見てゆく〈瑣事・私事〉とは、高橋の用語で言えば、〈ミクロコスモス〉ということになるだろう。

古池や蛙飛《とび》こむ水のおと

という芭蕉の名句がある。この句の手柄は、「鳴く蛙」ではなく、「飛《とび》こむ蛙」としたところにあるのだと言われている。高橋はこのことをさらに掘り下げて、「飛《とび》こむ蛙」としたことで、『水の音』の時間的ミクロコスモスと『古池』の空間的マクロコスモスとの対応」を現出させたのだと分析している。

芭蕉の俳諧の本質として、こうした「大宇宙との対応における小宇宙の発見」、「マクロコスモスとミクロコスモスの対応の発見」がある。そういう意味で芭蕉は「小なるものの巨人」と言うべきである。高橋が著書の中で繰り返し主張しているのはこのことである。

この〈マクロコスモスとミクロコスモスの対応〉という考え方は、短歌の場合にも応用が利くのではないだろうか。初学の頃の私はそう考えて、短歌創作の理法とすることにした。また、実際にこの理法を手に入れてから、短歌が俄然、見えて来た気がしたのである。

　孤独《こどく》なる姿惜しみて吊し経《へ》し塩鮭も今日ひき
　　おろすかな
　一本の蠟燃《もや》しつつ妻も吾《あ》も暗き泉を聴くごと
　　くゐる

言うまでもなく、宮柊二の『小紺珠』（昭23）に収められた作品である。「孤独《こどく》なる姿」の「塩鮭」を「ひきおろす」ことも、「一本の蠟」を「燃《もや》」すことも、間違いなく〈瑣事・私事〉ほかならない。食糧にも事欠き、電気事情もままならない時代の小景である。しかし、それらが歌われ、作品の中に刻まれたことで、戦争から開放され、希望に溢れる時代の空気が濃厚に伝わるのである。戦後の日常の断片という〈ミクロコスモス〉と、時代の気配や歴史のうねりという〈マクロコスモス〉が、そこで見事に〈対応〉していると言える。

　あぢさゐの藍《あゐ》のつゆけき花ありぬぬばたまの
　　夜あかねさす昼
　秋分の日の電車にて床《ゆか》にさす光もともに運ば

れてゆく

これらもよく知られた作品で、ともに佐藤佐太郎の『帰潮』（昭27）に収められている。ここでも「あぢさゐ」の「花」や、「電車」に射す「秋分の日」の「光」という〈瑣事〉が、ただ歌わているようにも見える。しかし、昼夜の交替、天体の運行という〈動〉に対して、「つゆけき花」が地上にあるという〈静〉が対置され、遍く照らす光という〈静〉に対して、電車の運行、人の移動という〈動〉が対置されることで、〈マクロコスモスとミクロコスモスの対応〉構造が、鮮やかに浮かび上がって来るのである。

さて、こうした作品が詠まれた時代から半世紀余りを経て、現在の〈マクロコスモスとミクロコスモスの対応〉構造はどうなっているのだろうか。と言うより、そもそもその構造が現在も通用していると言えるだろうか。〈ミクロコスモス〉が〈ミクロコスモス〉のまま表現されるという傾向が強まってはいないだろうか。そうだとしたら、それはどのような背景があったのだろうか。

病雁の夜さむに落《おち》て旅ね哉

海士の屋は小海老にまじるいとゞ哉

『猿蓑』選集のときに、芭蕉晩年の右の二句の優劣をめぐって、凡兆と去来との間に論争があったという逸話が『去来抄』にある。高橋は前掲書の中で、前者に対しては、「雁の駆け去ってゆく夜寒の天と病める個体との間には大・小の対応関係」があると説明し、後者に対しては、「純粋にミクロコスモスそれ自体を捉えている」と説明している。言い換えれば、前者は〈マクロコスモスとミクロコスモスの対応〉の句であり、後者は〈ミクロコスモスはミクロコスモスのまま〉の句であると言えるだろう。『去来抄』では、芭蕉自身が前者に肩入れをして落ち着くのであるが、短歌の現在を考える場合、ことはそれほど簡単に済みそうもない。

村上春樹の『小澤征爾さんと、音楽について話をする』（平23）という対談集の「グスタフ・マーラーの音楽をめぐって」という章に、以下のようなやりとりがある。すなわち、一九六〇年代頃までは、ブルーノ・ワルターのような大指揮者によって、「シンフォニー全体をひとつのおおまかな、がっしりとしたフレームに収めようとする意志」（村上）によって統率され、ロマンチックな演奏が目指されていた。ところが半世紀を経た現在の演奏はどうかと言うと、『細部に突っ込んでいけば全体が浮かんでくる』みたいなアプローチ」（村上）へと完全に変質して、それが主流になっていると言うのである。

　小澤もこのことを承けて、「メンタリティーがね、たしかに変わってきています。全体の中での自分の役割の認識みたいなものが変わってきている。それから録音技術も変わりました。」と発言する。「ディジタル」化の時代が「演奏」そのものを変えてしまったのである。このことはただ音楽の世界だけの問題ではなく、この半世紀で同時代的、全世界的に起きている文化現象なのではないだろうか。

　短歌の場合でも、私の感触では、〈ミクロコスモスはミクロコスモスのまま〉表現する傾向がますます強まって来たような気がする。「病雁」の句より「小海老」の句をよしとする、あるいはそこに活路を見出そうとする傾向が進んでいるように思う。言わば短歌の「ディジタル」化現象である。

江戸の世に紙飛行機は無かりしや春の光のなかを滑りて

駅弁の醤油のふくろ切りおれば菜の花の間《ま》をながれゆく河

いやだなあ雨の時代に遇うなんて　ゆっくり溶けてゆく紙袋

彫像の肱《ひじ》から先は折れていて白き椿のような断面

印鑑をしずかに捺してゆくように白猫のあし塀をあゆめり

吉川宏志の『燕麦』（平24）より引く。第一首では

「紙飛行機」という〈ミクロコスモス〉と、「江戸の世」という〈マクロコスモス〉との対応が見られる。第二首では車内で「駅弁」を食べるという〈私事〉と、悠久の時間の流れを思わせる「河」とが対応している。

しかし、第三首以降の作品は、〈瑣事・私事〉という〈ミクロコスモス〉の〈生々《なまなま》しさ〉をそのまま現出させることに重点を置いた作品と言えるのではないか。身めぐりの世界を如何に的確に表現するかが「自分の役割」であり、常套的な〈マクロコスモス〉との〈対応〉構造に安易に寄り添うことを潔しとせず、むしろそのことを慎んでいるように感じさせる作品なのである。

人体の凹凸に沿うように作られし駅のベンチにいさらいを置く
ゆきもどりショーウィンドーの秋服の値札たしかめ駅へと急ぐ
匿されし本心のごときを引き出せば煮貝の腸《わた》のみどりがくねる

久々湊盈子の『風羅集』（平24）より引く。歌集名からも分かるように、芭蕉の俳諧にも親炙して来た作者である。しかし、この作者の場合も、〈マクロコスモスとミクロコスモスの対応〉を敢えて考慮せず、〈ミクロコスモス〉に蠢《うごめ》く人間の〈生《なま》〉の感情を歌うことに重きを置いているように見える。〈瑣事・私事〉を通して、〈形而下〉の世界を〈形而下〉に置いたまま、歌い続けることに賭けているようなのである。其処には、吉川の作品と根底で通底しながらも、久々湊が独自に開いた世界が広がっているとも言えるだろう。

この家に車椅子見え人あらず過疎すすみをりわがふるさとは
愛媛産干し海老うまし干し海老は海の香、日の香、そして人の香
ヒロシマの日とナガサキの日の間《あひ》に立秋あり

て日本暑し
とびとびに自販機の灯の点りゐて人影のなき
　墓地への通り
宝くじ売る窓小《ち》さし〈虚しさ〉を買はむとそ
　こに人々ならぶ

高野公彦の『河骨川』（平24）より引く。第一首、第二首と「ふるさと」「愛媛」を歌う作品を並べてみた。ともに〈マクロコスモスとミクロコスモスの対応〉構造で読み解ける作品であろう。「車椅子」だけを残してこの世から姿を消してしまった「ふるさと」の老人たち。「海」、「日」、「人」の「香」のする「愛媛」の「干し海老」の「うま」さ。こうした〈瑣事〉を見事に生かして、「ふるさと」とは何か、「生きる」とは何か、という問い掛けを響かせている。

　第三首以降の作品はどうだろうか。一見、〈瑣事・私事〉をただ表現しているようにも見える。しかし、〈マクロコスモス〉との〈対応〉は意識されているようなのだ。吉川や久々湊の歌った〈生々《なまなま》しさ〉や〈形而下〉の世界に、そのまま〈マクロコスモス〉との〈対応〉が接ぎ木されている感じなのである。肩肘張らずに、等身大のままの〈マクロコスモス〉を覗こうという志向なのであろう。

ブルーベリーラズベリー食べ秋深し青春の日
　に知らざりし秋
こつぴどく誰に撲たれし顔なるかでこぼこの
　実の黄の花梨は
報道はされず　寄り添ひ仲間なる牛の涎を舐
　めやりし牛
残り立つ墓地の祖霊を今もなほ見えざるもの
　が汚染しをらむ

伊藤一彦の『待ち時間』（平24）より引く。第一首、第二首では、果実を「食べ」たり眺めたりしながら、時の移ろいや生きる姿勢を問うている。やはり〈マクロコスモス〉が意識されているのである。ところが第三首、第四首では、口蹄疫や原発事故という〈日常〉の中の〈非日常〉を扱い、〈日常〉の目線に徹することで、逆に〈非日常〉の本質を浮かび上がらせている。〈マクロコスモスとミクロコスモスの対応〉がもはや成り立たない世界を人間としての目線で探ろうとしているようにも見える。

〈ミクロコスモス〉の向こうに〈マクロコスモス〉が存在するという思考。そして、それを〈詩〉の原理とすること。そうしたことが素朴に信じられない時代、表現しづらい時代を我々は生きている。〈瑣事・私事〉を歌うことの難しさは其処にある。しかし、だからこそ、〈瑣事・私事〉に思いを凝らし、自らのスタンスを通して歌ってゆくべき必然性、必要性があるのだろう。

（「まひる野」二〇一二年三月号）

〈時代〉の外へ出ること
——時代を映す歌とは何か

松村由利子の第四歌集『耳ふたひら』（15・4 書肆侃侃房）に次のような作品がある。

香炉峰の雪を問われて得意気に御簾上げる人ほんに若かり

『枕草子』の名高い章段に基づくもので、意味するところは明らかだろう。技巧的にも「ほんに若かり」という、はんなりとした京言葉の取り込みが目立つ程度で、見逃しかねない作品である。

しかし、この作品が「TOKYO」という一連に収められ、寓意に満ちた作品であることに気付くと、受け止め方が一変する。さりげなさの中に〈時代〉に対する苦さを秘めた怖い作品なのである。

なぜそのように浅薄な知識を振りかざし、ひけらかすのか。なぜ自らの未熟さに立ち止まらずに、物事の背後にあるものに気付こうとしないのか。この作品にはこの〈時代〉に生きる我々へのそうした問い掛けを隠しているように思うのである。

『枕草子』の自讃談に辟易したためか、紫式部がその日記の中で清少納言を「したり顔にいみじうはべる人」と評して、「あだなる人のはて、いかでかはよくはべらむ。」とまで言い切っていることはよく知られている。その一方で道隆の急死に伴い衰運に向かう中関白家に殉じて、清少納言はその〈時代〉を讃美し、記録に留めようと『枕草子』を書き継いだのだとも言われている。謙虚さ、健気さの規準は人それぞれでそこが難しい。

さて、現代のわれわれ自身はどうか。置かれた〈時代〉の中で〈時代〉の子として精一杯華やいでみせるのか。それとも〈時代〉に流されない矜持を保ち、〈時代〉の行く末を見据えてゆくべきなのか。有り体に言えば、〈清少納言型〉の在り方を求めるのか、〈紫式部型〉の在り方を求めるのか。短歌実作者であるわれわれはそのいずれを選んでいるのだろうか。

そもそも表現者として短歌に関わる場合と、鑑賞者として短歌に関わる場合とでは、在り方が異なることもあるだろう。どちらかに片寄る訳にも行かず、両者を上手く使い分けるべきなのかもしれない。これまでの「時代を映す歌とは何か」という討議の中でも、読者として鑑賞者の側に回るとき、初めて〈時代〉は鮮明に浮かんで来るのだという議論もあった。私自身はと言えば、生得的に〈紫式部型〉であることを自覚している。

遺伝子を組み換えられた明るさにポップコーンは弾けるのだろう
恐ろしきものはとことん描くべしと草間彌生の水玉模様

前引の作品に並ぶ二首である。第一首は「ポップ」に弾ける若者たち（若者に限るわけではないが）は、すべてにアメリカナイズされ、まるで遺伝子組み換え食品のようだと歌う。作者はここでも〈時代〉に流される者の危うさを案じているように思う。

　草間彌生が「水玉模様」ばかりを描くのは、〈死〉を怖れた幼少時の原初体験に因るのだと、本人が語っているのを見掛けたことがある。或いは表現行為の原点にはこうした〈死〉に対する怖れがあるのではないか。そうでなくとも何らかの怖れの意識が横たわっているものではないだろうか。ここで扱われている〈時代〉の危うさに対する怖れも、それに通ずるものがあると言うのであろう。

　　公衆という言葉消え一人分の水と電話を携え歩く
　　都市の力見せつけているキオスクの朝刊各紙の厚き林立

同じ「TOKYO」の一連からさらに二首を引く。作者は五年前から石垣島に住まいを移し、ときおり東京に出向く生活をされているようだ。そうした作者の眼が捉えた東京の姿であり、〈時代〉の相である。公衆電話はなくなり、公園から水飲み場は消えた。スマホを持ちペットボトルを提げて、我々は〈公衆〉でも〈市民〉でもなくなり、ネットに繋がれた〈個〉に帰した。〈孤独な群衆〉（リースマン）のなれの果てと言うべきであろう。

　作者が「キオスクの朝刊各紙の厚き林立」に眼がゆくのは、其処に「都市の力」、〈時代〉の力を見ているからである。作者が石垣島という「都市」の圏外に住まう人であることも忘れてはならない。加えて作者自身がかつて新聞記者として、「都市の力」を生み出す側に居たことも、こうした所に目が行く要因としてあるだろう。

　全国紙の記者として働いていたころには見えなかった風景が少しずつ見えてきた。都市の喧噪とスピードから解放されたことも小さくないだろうが、南の離島に住んで初めてわかる不条理というものがある。

『耳ふたひら』の「あとがき」にこのような記述がある。掲出歌を含む「TOKYO」が詠まれ、『耳ふたひら』がまとめられる背景が端的に語られたものであろう。作者にはこうして〈時代〉というものが鮮明に見えているのである。

世阿弥に「離見の見」という言葉がある。「自己の目を離れて客観的に見ること」の意味であるが、松村も所属していた「都市」、そして〈時代〉から離れた所から「客観的」に眺めるからこそ、逆にその様相が見えて来るのではないだろうか。

〈時代を映す歌〉を読み解く側ではなく、〈時代を映す歌〉の作り手となるためには、こうした「客観的」なポジションを取る必要があるのではないだろうか。言い換えれば、〈時代〉の外へ出ることで〈時代を映す歌〉を詠むことが出来るのではないか。そこには、「時代の只中で時代に揉まれて詠むべきだ」といった常識的な考え方とは相反する、〈逆説的な関係〉が成り立っているように思う。

時に応じて断ち落とされるパンの耳沖縄という耳の焦げ色

ハイビスカスくくと笑いぬ東京と米国ばかり見ているメディア

行儀よく方解石が割れるごと予定調和のニュース解説

「メディア」の世界に身を置いたからこそ、松村には昨今のメディアの異常さ、危うさが見えるのであろう。〈時代〉をミス・リードしかねない状況ではないかと案じるのである。

みなテロと断じる時代かつてそれは抵抗《レジスタンス》と呼ばれしものを

こんなにも激しく雨の降る国に炉心を冷やす水がなかった

ディズニーのヒロインたちの国籍が不明にな

るころ世界変わりき

こうした作品はさらにメディア、或いは現在の日本の状況、或いは世界の状況の暗部に切り込んでいるように感じられる。

加藤治郎の第九歌集『噴水塔』（15・1　角川学芸出版）も、〈時代〉ということを深く考えさせる歌集である。加藤はかつて、滑らかな口語と冴えわたる比喩を駆使した作品で〈時代〉の寵児となった。それ以来、長く〈時代〉の華やぎを歌う役割を求められて来たように思う。この歌集に収められた、

いい日だぜ「ぜ」をあやつって若枝のわが二十とおく輝く

昭和末期おしゃべりな詩が沸いてきてわれらはかなり祝祭だった

といった作品は、加藤自身によって〈時代〉と自らの置かれた状況への回想を歌うものだ。

昭和の日、藤いろに照らされて居り殺菌箱の剃刀ひとつ

あからひく朝の路上にころがるはアンパンマンの頭部なりけり

黒いパンツのアストロボーイ現在に宙返りして　がっかりしたか

戦後に生まれ、「昭和」の後半に育って来た加藤には、平成の時代、二十一世紀のこの現実がどこか幻滅に満ちたもののようにも見える。やなせたかしの「アンパンマン」や、手塚治虫の「鉄腕アトム」の理想は何であったのだろうかと、ふと絶望感が過ぎるのである。

戦力外と宣告するのは紺いろのスーツの男お前は俺だ

始まっていない戦争あちこちに風船の顔みな笑ってら

トーストに蜜は垂れたり（あと五分）生活に
差す光ひとすじ

あちちと蛇口から手を離したり　ついさっき
まで友だちだった

こうして大人も子供も追われるようにして生き、日々に血を流さない小さな戦争を繰り返しているような現実がある。加藤はこうして〈時代〉の只中を生き、そして歌う。或いはとどまることなく移りゆく〈時代〉の苦さを歌う。〈時代〉の外に出られないまま、〈時代〉を余所者のように見ている目を感じる。その痛みはそのまま、加藤とほぼ同世代人である私自身の痛みにも重なる。

谷岡亜紀の第四歌集、『風のファド』（14・11　短歌研究社）もまた、〈時代〉ということを考えさせずには措かない歌集である。

谷岡は時にはパラグライダーにのめり込み、時にはイスタンブール、バルセロナ、ゴビ沙漠など文明の影を追う旅を繰り返し、そして歌い続ける。平成の牧水を気取る風で、極楽トンボを演じているようにも見える。しかし、谷岡は『臨界』（一九九三）という名を付けた第一歌集を持ち、現代文明のゆくえを心から案じ、その危うさに極めて敏感な歌人であることを忘れてはならない。

やすやすと吐くわが言葉凍りつく春かはるか
に走る火柱

いつか町は青い光に包まれて全ては終わると
風のメディアは

汚染水静かに注ぐわたつみにGO《ゴ》DZI《ジ》LLA《ラ》
再び眼を開きいん

百年の後の春にも沈黙の水を湛えている石室
か

海浜の四基を水の棺としただ白じろと春は逝
くべし

「水の棺」の一連より引く。谷岡がかつて危ぶんでいた状況がまさに現実のものとなってしまった。福島原発の事故に対してこのように突き放しつつ、逆に深層では自らに引き付けつつ歌うのである。

海岸に打ち上げられし箱船のごとし西日の中の原発
核融合連鎖に冷たく白く燃え始原の火球空渡りゆく

「渚にて」の一連より二首を引く。聖書や古代神話を下敷きにした作品だが、解説は不要であろう。
谷岡は〈時代〉の実相をより深く見抜くために、敢えて〈鳥人〉を演じ、永遠の旅人のような人生を送っているのである。〈時代〉の只中に身を置きながら〈時代〉の外に出ること。そうした自由な立場に身を置いて、〈時代を映す歌〉を歌い続けることに谷岡は賭けているのであろう。
われわれの〈時代〉はこれから何処へ向かおうとしているのであろうか。

（「まひる野」二〇一五年八月号）

解説

シバタの中の柴田

小笠原　和　幸

その年。

のち、政治家に転身し、「アメリカがナンボのもんだ。NOと言え、NOと」と言い張る作家が受けた芥川賞作品が出版され、ベストセラーとなり、映画化までされて、ニキビ面どもを煽情した。

海彼アメリカでは、日本人嫌いの歌手が腰をくねくねさせて「ハートブレイクホテル」でもって全土を席巻していた。

経済は著しく復興し、その年の『経済白書』は「もはや戦後ではない」とお手盛りの報告をした。

東西情勢は危うい均衡を保ち、所々で小競合いを繰返していた。

八月、産声低く（たぶん）シバタは生れた。


止まりたる時計をいくども仰ぎ見る何に追はれて生くるわれなる

幼時にまで遡る、根拠のない、漠たる焦燥感。いくたび振り返ってもさしたる過去を建設できなかった疲労感。それは多くのシバタの宿業である。平成三年に現代短歌評論賞を受けたとき、〈受賞のことば〉の中でいみじくも自ら言う、「団塊の世代と呼ばれる上の世代と、新人類などと称される下の世代とに挟まれ、我々の」「世代は、ともすれば個性に乏しく思われ勝ち」である、と。（そういえば『サラダ記念日』のオビには「与謝野晶子以来の大型新人類歌人」とあったのだ）
上の世代の馬鹿騒ぎが鎮まった頃にやって来たというだけの理由で、こう八つ当りされつづけたシバタ、曰く、三無主義。また曰く、三猿主義。それは高校生シバタの意気を阻喪させるに十分の言葉だった。そして、大いなる気宇とはついに無縁にシバタの青年時代は過ぎたのだった。

脆弱な夢振り捨てて生くべしと大差試合《コールドゲーム》を告ぐるサイレン

揺らぎつつ終《つひ》に地上を去りゆかぬアドバルーン見ゆわが日々は見ゆ

常に何かをあきらめつづけて来たシバタ。高遠な理想をもつこともなく、それどころか多岐亡羊の思想の中でまごまごしているうちに学生生活を卒え、社会人となってからはこう言われつづけた、ネクラ。気のおけない相手の一人も見つけられず、しかし、そんなことは気ぶりにも見せず、仕事に没頭するか、趣味に徹するかの択一にひそかに迷うシバタ。消極的に現状を肯定し、意にそまない境遇にもたやすく馴致したふりのできてしまう摩訶不思議な世代、それがシバタだ。くっきりとした輪郭がなく曖昧模糊とした存在、それがシバタだ。それが特徴なのだ。あなたの回りにも必ずいるはずだ。ためしに彼らの年齢をチェックしてみるといい。

橋の上のマラソン走者見てゐしが半ば過ぎより美《は》しくはあらず

取り返しつかぬ世界を生きる馬躓《つまづ》きは死を意味するばかり

そうこうしているうちに人生も折り返し地点を過ぎ、いよいよヨレヨレでゴールを目指すことになる。燃えかすになるならまだしも、くすぶったままであっという間の一生を終えてしまうのではないか。時に、こう呟いてしまう、俺ノ人生ニ何カイイコトアッタカ。それは、安住の家庭をもったとか、職場で昇進したとか、短歌で賞をもらったとか、そういうことでは解決できない何か。すべて徒労ではないかという疑念を払拭させてくれるものを得られないもどかしさ。挙げ句に過労で胸の辺りを掻きむしって苦しんだ果てに事切れてしまうのではないかと危惧したり、頭の血管がぷっつり切れて無念やる方ない晩節を送ることになるのではないかとあらぬ心配に怯え、こっそり健康診断に通い始めた者、それがシバタだ。考えたくもないことだが、生存そのものが横暴ではないのか。親にも、まして妻子にも言えないことだが、シバタはそう思っている。

〈シャーロック＝ホームズ全集詳注版〉よみなづみたり些事の重たさ

だが、そういうシバタであればこそ、取るに足らないと思われるような「些事の重たさ」を知っている。親馬鹿ぶりを歌い、妻の挙措を歌い、小さな団結を歌う。あるいは市井の職業人を歌う。手かざしする運転士。車座になって夕食をとる調理人ら。工事現場のアジアの男。それらの歌には働く者の境涯がよく表れている。世の中を俯瞰するような傲慢さは毫もない。狭隘のようでいながら、ソマリアを詠み、プリクラを詠む。エアコンを、カーキャリーを、茶髪の漁師を観察する。フットワークは意外に軽いのだ。作歌の手法はきわめてオーソドックスで、奇矯をてらったり、衒気にはやることは決してしない。良いものは良いと言うが、そうでないものに対して青筋立てて反駁することはしない。

大仏は男の子のきはみ澱《よど》みたる土用の熱気の中を涼しき

草の香のしるき朝《あした》に生れ出でて蜻蛉は翅《はね》にひかりを宿す

これらの作を含む「一刀石」一連がいい。四十歳になって、しちうるさい人間どもよりも物言わぬ蜻蛉やら草やら石仏やらの方に興味が移ってきたようだ。巻末においたことがそれを示していよう。著者が本歌集を編んだ時期を、昔っからこう呼ぶ、不惑。だが、生身のまま「不惑」には至ることはないのだ。シバタはそう思っているに違いない。

簡浄の季節至れば湖《うみ》の果て小さき富士見ゆわがこころざし

沈思の人柴田には幾多のシバタの思いを代弁する責務があるのだ。何故生きるのかという単純にして永遠の問いに緊密感のある答えを出す義務があるのだ。世代の証言としての短歌、境涯と詩の一元化、課題は山積している。まかり間違っても脆弱をよしとするなかれ。軽佻浮薄をよしとする時代相にあっても断じて衆に迎合することなかれ。もはや上の世代は動脈硬化をきたし始め、新人類など一過性のものとしてとっくにメッキが剝げて惨たる状態をさらしている。彼らの中に埋没した柴田ではなく、孤軍奮闘すべきたった一人の柴田典昭たらんとして江湖に送る一冊、それが『樹下逍遙』なのだ。看過されるべき歌集であろうはずがない。果たして第五回日本歌人クラブ新人賞が与えられた。順当な選択であろうし、この賞を、ようやく賞たらしめることになったと言っても決して溢美の言ではないはずだ。そういう佳什四二五首に接する幸いを得た。

（「まひる野」一九九九年一〇月号）

本質を見据える眼

井野佐登

柴田は、三十歳を迎えるのを機に作歌を始めたとあとがきに書いている。歌集『樹下逍遙』は、まひる野賞受賞作品「樹下の明るさ」を巻頭に掲げてはじまっており、それ以前の作品を載せていない。「樹下の明るさ」は一九九二年八月にまひる野に掲載されている作者三四歳の時の作品だが、同じ一九九二年でも七月号以前の掲載の歌をいっさい載せていないという徹底ぶりである。柴田は、それだけみずからに課すものがあって応募作品五十首に挑んだのであり、まひる野賞以前と以後が柴田のひとつの転換点であったと言えるだろう。

泣きながら犬の骸を埋めしこと覆ひ尽くして
棕櫚の葉さやぐ

亡き父も揃ひて写れる一葉の記憶のありて樹下の明るし

箱の上に立ちたるティッシュの薄紙の危うげにして崩れぬ日々か

（「樹下の明るさ」）

すでにみずから父となって、少年時代を思い父を思うとき、柴田の心は単純ではないながら明るかったといえる。愛するものたち（赤子、その母）を負ったものとして、三十年を越える歳月とこの後を思うとき、危うい時代に、危ういながらも崩れない生活者としての自分を感じもし、頼んでもいたのである。

　これらの、まひる野賞作品と、それ以前の作品はどのように違うのであろうか。柴田の好まないところであろうが、それ以前の作品を見てみよう。

感想は如何にと問へばうつ向きて耳のみ立てる生徒たちなり

麓まで霧流れくる夏野原白き薄荷の花咲き群るる

（八九年）

御泉水といふ山水の湧くところひび割るるまで底渇きたり

草原に群るるあまたの乳牛の無為といふほかなきさまにゐる

（九〇年）

晩夏光射し入るさ庭の池底を浚へば蟬の骸あるなり

うつしみを曝せるごとく透明のエレベーターの不意の宙吊り

蟬時雨けふも止まずと記されて亡き父のメモ以後を絶えたり

つややかに蘇鉄のみどり撓ひ垂れわれの残余の刻こぼしゆく

抜殻を樹々に残して飛び立ちし蟬ことごとく響きとなれり

黄ばみたるたうもろこしを吊るし置く軒の向からの秋の漆黒

ノイローゼ治りつつある女生徒がホタルの交
尾ともに見てゐつ　（九一年）

翅と胴もがれてよろぼふ虫として冬野に荷台
なきトレーラー　（九二年）

荷台のないトレーラーや池の底の蟬の骸、水の涸れた泉など、事物や風景の本質を見てゆこうとする柴田がすでにしっかりと出ている。また、確実な描写力があるゆえに、白い薄荷の花、黄ばんだとうもろこしや蟬の声の響きをうたって、読みごたえのある作品としている。柴田はこれらの作品を捨ててしまうことによって、どんな脱皮をはかろうとしたのであろうか。

『樹下逍遙』では草や木や鳥を詠んだ歌は多くない。

赤錆は廃車の山より席み出て天の錆なる紫陽
花開く

丘の上に桐の花咲くしづけさの秘めたる力は
空を支へて

棕櫚竹の鉢砕かれて存在の繁み縺るる根方さ
らせり

肺胞の身ぬちにひらく妖しさを咲かする変化
の七色あぢさゐ

ゴムの葉はばさりと落ちて遠き日のわが死と
大地かすかに匂ふ

冬の日の微塵となりて降りそそぐ幻として群
れゆく鳩は

鳩を微塵の中の幻と詠み、紫陽花を天の錆であると言い、また肺のなかに妖しく開く花であると言う。ここでは花や鳥はもはやそれ自体を描くものではなく自分自身の生きる苦しみを象徴的にあらわすきっかけである。歌われているのは、生きることの苦しみとおののきである。とうもろこしや蟬の声の歌を絵画でいう印象派の静物画とすれば、苦悩するリアリズムの作品と変わったと言える。

歌のなかに、「動き」があらわれるようになったこともそれ以後の作品の特徴である。

逃げ水を追ひゆくごとく秋の陽をボンネットの上に受けつつ駈くる
仰向けに垣根に干されいくたびも空蹴り上ぐる小さき靴は
ずんずんと玉入れの玉溜まりゆく潮の満ち来る奇しさに似て
伸び縮みしつつ消えゆく子らのかげ回転木馬の夢うつつなる

空を蹴る靴、逃げるようにボンネットを走る秋の光、ずんずんと潮の満ちるように溜まる玉入れの玉、歌の対象はむしろ動かないものもあるのに、歌の中に動きがあり、躍動感に心を捉えられる。そう言えば、この歌集のなかで、擬音語を用いているのは、ずんずんというこの一首だけであることを、記しておこう。

『樹下逍遙』には、教師としての歌は少ない。「マウス」と題してコンピューターに操られる生徒を歌った作品、他を含めて、わずかである。「マウス」の作品も、この歌集の中では、成功していない部類と言える。私は、このことを不満に思わない。歌集に載せていない歌で、自分を、喜怒哀楽をまず押さえてしまう人間だと言い、また「生真面目に障害物をめぐりゆくレースの子にしわが性格の見ゆ」と本歌集で詠んでいる作者は、他者（生徒）との関わりのなかから、自分というものを表現していくのは、苦手なのだと思う。教師だから教師の歌を詠まないと失格であるとは、私は全然思わないし、教師の歌を詠むことと、良い教師であることとはかなり別なのである。

かわって、柴田が本領を発揮して詠んでいる歌に、子供のうたがある。

目覚むるや夢のつづきの蒼穹を見たしと幼な子靴下げて来る

手を伸べて子の頭を抱き眠る夜の地軸支ふるごとき重たさ
ピエロより握手を求めらるる子の眼見据ゑて手を差し出だす
旅の日をつぶさに描く子の絵画ひと日はひと日を超えたる重み

ピエロの眼を真っすぐに見る子、その子にとって旅は描いても描ききれないものであるらしい。地軸の重さは自らの重さであろう。ここでは子供は、本質を濁りなく真っすぐに見据える存在であり、それがまた柴田氏自身の希求であると感じられる。みずから自覚しているにせよ、いないにせよ、そのような希求を柴田が裡深く持っていることが、次のような秀逸な歌を生むのである。

眼の中の塵と思へば空の果て凧は虚脱の浮力に舞へり
無人駅ごとに虚ろの眼に出会ふ指名手配のオウムの写真

本質を見据えてたじろがぬ作者の眼がある。

（「まひる野」一九九九年一〇月号）

「歌」への純直な力

――四十歳で登場する骨太な男性歌人たち

阿木津　英

群衆を誘《おび》く力を思はしめゼブラゾーンを鳴りわたる音　　柴田典昭

崩れざる日々の鋳型を持つゆゑに朝ごとわれら橋に行き交ふ

『樹下逍遙』（砂子屋書房）より。七、八年前には四〇代の有力な女性新人が何人も現れたが、このところ四〇歳前後で第一歌集を出す、骨太な男性新人が目につく。一ノ関忠人しかり、渡辺松男しかり。この柴田典昭もそうである。「崩せざる日々の鋳型」を生きていかざるを得ない現実の軋みを自らの身体にうけつつ、しかも直視することをやめようとはしない。しずかな低い姿勢から放つ声には、歌というものを探りあてていこうとする純直な力が感じられる。きらきらしたバブルの底に澱のように沈んでいたこれらの男性たちが、まっとうな歌の修練をくぐりつつ、新人として登場し、活躍する時期が来ようとしているのではないか。

傍らにまねき寄せられひとときは空向く茎の素直さとなる　　横山未来子

台湾人皇民作家陳火泉《チンカセン》「血を越えて俳句に親しめ」と書きき　　大口玲子

前者は『樹下のひとりの眠りのために』（短歌研究社）。後者は『海量』（雁書館）。いずれも二〇代の作者の第一歌集である。横山未来子は、一昨年の短歌研究新人賞受賞。大口玲子は今年の角川短歌賞受賞。横山はナイーブな柔らかな言葉づかい、大口は名詞の多いざっくりとした現実記述と、歌柄はまったく異なるけれども。それぞれ詠みぶりが安定し過ぎて単調になるきらいがある。年齢の若いということは何よりの味方。自らの良いところを自覚して、大きく飛躍してほしい。

テロリズムを悪と断じてやまぬ世に大杉栄を
思ふさやけさ　　　　　　　　　　岡井　隆

『大洪水の前の晴天』（砂子屋書房）より。

爾臣民《なんぢしんみん》、優しき声音《こわね》そらみみになまぐさし
昼餐《ちうさん》の菊膾　　　　　　　　　塚本邦雄

『詩魂玲瓏』（柊書房）より。

この世代にとって、あの戦争体験はどうしても抜くことができない刺である。岡井の複雑さはそこから生じているし、決まり切った受け取り方がなされがちな塚本の歌もじつは複雑な屈折をはらんでいるのである。

（「図書新聞」二四二〇号　一九九九年一月一日）

『パッサカリア』、敬虔なる想い

村木道彦

〈人生の運転免許〉！などというシロモノはもとよりあるはずがないし、あってよいはずもない。それはもちろん重々承知の上だが、お墨付きの〈免許〉を携帯せずにこの人生のハンドルを握るのは、考えてみれば相当危ういことであるにちがいない。現実のなかで生きて在ること、ほかならぬそのことにかかわる違和感やら、時として襲う逸脱の願望やらは、身を咬むようなその危うさから生じて来るものである。

新しきメガネ待つ間をやすらけく乳白色の世
界に遊ぶ
狂ひ咲き月余を散らぬ黄の薔薇の一刻・放恣
いづれのこころ

スタンドに弾むボールの放埒を追ひつつ春のこころ定めず
真夏日のひと日時間の縁《へり》にゐて太郎は独りザリガニを釣る

「私」という名の個の存在にまとい付く根源的な不安に形を与えることを通してしか、ひとはおそらく人間存在と人間社会を抉ることはできないだろう。そしてこの種の不安は、ときには耐えがたい軽薄さに、ときにはこらえがたい鬱屈の重さに襲われる自分を、感じさせたりもするのである。

もっともなことと云わねばならない。「カシラーミギ！」の戦前・戦中ならいざ知らず、個人主義の時代の、これが当然の帰結というものなのだから。私たちは自らに生じる軽さと重さとのめまぐるしい変転を、しばしば誤解して「躁鬱の時代」などと呼んでみたりするのである。

道路交通法上のドライバー免許さえ持ったことのない私がいつも利用するのは、天竜浜名湖鉄道・戸綿駅。仕事の出張でしばしば早朝の駅頭に立つことがある。入射角を低くして地を這うように及ぶ陽光が、線路の小石にさまざまな陰影を与えている。ひとつひとつの石の表情が実に豊かで、どれひとつとして同じものがない。無数の生々しい「表情」に見つめられてプラットホームに私はある。そのとき私はなぜか敬虔な気持ちが生じるのを覚える。「躁」でもなければ「鬱」でもない状態、すなわち自らの生活という地盤にしっかり足を付けた思いに引き戻されるからなのだろう。

名人になれざる者の優しさや田中寅彦まばたき多し
トーストの上《へ》を滑りゆくバターの香けふの愉しみ子らの言ふとき
悲しみは日々に重《おも》ると思はねど黒く照りつつ秋茄子の垂る

田中寅彦・将棋八段の「まばたき」や、あるいは

「バターの香り」に、そしてまた黒光りする「秋茄子」に、それぞれ想いを致しているとき、作者の「躁」でもなければ「鬱」でもない敬虔な姿勢が、私たちの目に明らかとなる。こういう姿勢によって描かれた作品には佳品が多い。

怺《こら》へつつ生きゐる父と知らぬ子の歌声ひびく〈歩こう、歩こう〉
夜桜の闇に子供を盗られさう囁《ささや》く妻のかんばせ白し
喚きつつ寝入りたる子の悔しさを怺へかねてや夜半嘔吐せり
あかときを山鳩われは勤しみて妻梟《ふくろふ》の眠りへ落つる

ところで、わが戸綿駅のプラットホームから眺める光景は、昼日なかの時刻になると事情が一変する。見下ろす小石らはみな一様に無表情、ノッペラボウになってそこに在る。真上から注ぐ陽光がすべての「表情」をかれらから奪ってしまうからにほかならない。

大上段に振りかぶった思想や観念の高みからは決して見ることのできないものたち、そういうものたちの存在感は、地を縫うような低い視線からしか掬い取ることができないということに気付かされる。

ひめゆりの乙女の写真数百の何疑はぬ眼《まなこ》に冷ゆる
はるかなる空と海とに風かよひ耳聡《みみざと》くをり摩文仁の丘に

いわゆる〈社会詠〉によくある声高な物言いではないだけに、しみじみと伝わってくるものがあるではないか。とくに「耳聡《みみざと》くをり」が印象的。柴田典昭の『パッサカリア』は「低い視線」に満たされた歌集である。

発条《ぜんまい》の緩み切るまで鳴らし置くメトロノーム

に晩夏のひかり
ショベルカーゆふべ蠢くぶざまさに今日なし
しこと明日なさむこと
葱ラーメン啜りて眼《まなこ》を打たれをり単身赴任の
とある昼どき

一首目、晩夏のいいようもない倦怠がよく伝わってくると思う。何ゆえの放心状態かは判らないが、むしろ具体性のないその分だけ奥行きの深い作品となっていよう。二首目、「ぶざまさ」は決して他人ごとではあるまい。三首目、「眼《まなこ》を打たれをり」がこの上なく鮮烈。「単身赴任」の寄る辺なさが活きてくる。

歌集名『パッサカリア』とは変奏曲の一形式という。「短歌という古い皮袋に新しい酒を」という筆者の心意気を表すもの。歌壇の〈インフラ〉は、前衛的ないわゆる「ことば派」から伝統的な「写生派」にいたるまで、ほぼ出揃った感じがする。それら〈インフラ〉の恩沢はこの歌集にも散見されるが、そのことが「新しい酒」なのではなかろう。低い視線は、筆者自身の「存在不安」から生じたものである以上、この不安こそが『パッサカリア』の優れて現代的な通底音なのである。

（「まひる野」二〇〇七年九月号）

歌集歌書を読む
――柴田典昭歌集『パッサカリア』

上條雅道

本書をはじめて開き端正な作品を見たとき、本格派という言葉が浮かんだ。語法、題材、歌う態度についいて共感をまず持った。

茶畑のさみどりおほひたる丘に青き尾を引く雪の富士見ゆ
春されば潮の香りに誘はれ夢の欠片《かけら》の貝掘りにゆく

作者は東京での学生生活の後、いわるUターンをして浜名湖のほとりの自ら育った家に住む。豊かな自然の中にある。

夜桜の闇に子供を盗られさう囁《ささや》く妻のかんばせ白し
駆けゆきし子ら追ふことを諦めて妻と我とが眼《まなこ》を交はす
食の月復するまでを妻と見つ復することのあらぬ日重ねて

家族を多く詠む。妻のカーテンの色選びに僅かな違和感を持つ歌や、娘と息子の日々の成長に少し戸惑う歌もあるが、家族を対立するものとしては歌わない。掲出の作品のように、身内、かけがえのないもの、さらに言えば己れの一部分として歌われる。家父長でもマイホームパパでもない、もっと原初的な家族の中の夫、父親像が見えてくる。

亡き父の蔵書にわが書重ねつつ幽明ひとつとなりゆく薫り
銀輪にけふ乗り得たる子のたどる系続樹の果て一本の道
逸れゆきしボールを探す子と我はとある夕べ

の亡父《ちち》とわたくし

そして、集中の処々で亡き父が歌われている。「亡き父の」では彼の世の父との一体感を歌い「逸れゆきし」では亡父と我の関係を自分と子との関係に重ね合わせて歌う。「銀輪に」では、父、自分、子へと続く父子の関係を見ている。社会的な系譜意識や、生理的な繋がりの感覚でもないようだ。原初的な家族意識が横糸、そして父子関係を縦軸として己れが存在することを見つめている。

妻と子の顔に兆せる春の笑みおほけなければみ仏宿る

大変驚いた一首である。作者の「今」は、こうした宗教的な境地なのであろうか。

合格を待ち更生を願ふ日々二月の教師は達磨のごとし

仕事の歌は自嘲気味の可笑し味を含んだ作が多い。こうした歌が作者と社会との接点を見せているが、社会へ向ける目は少ない。

躊躇ふやふたたび駆けゆくゴキブリのわが身をいでて彷徨ふこころ

みづうみの藍深まりて冬近し海苔粗采深くころを刺して

秋の日の照りつ翳りつ浮かび来る残生はるか久高島見ゆ

作者が見ようとするのは自らの心境である。ものによせて心を述べるといった歌が多い。これが作者の本領である。「みづうみの」は、本集に一首選べと言われれば、少なくともその候補に上げたい作である。

ただし、好みの問題かも知れないが、「秋の日の」では「残生」などと言わず、もう一押しして光景を描き切った方が大きな歌になるのではないかと感じた。他の作品でも風景に心境を絡ませる技術が煩わしく見えるものがあった。前集『樹下逍遙』「あとがき」で自ら「《境涯詠》に連なる」と述べているが、短歌でできることは、この実力者にはまだまだあるのではないだろうか。

（「笛」82号　二〇〇七年十一月号）

教室のうた⑲

小塩卓哉

見回れる教室ごとに月明かり『絵のなき絵本』の月となりなむ

柴田典昭『パッサカリア』

『絵のない絵本』は言わずと知れたアンデルセンの童話集。窓辺の月が一人の貧しい青年に、これから自分が話す物語を絵にしてみよと奨める話である。作者は日直で生徒棟の施錠をして回っているのだろう。窓からは教室へと月の光がさし込んでいる。施錠だから照明は消えており、まさに月明かりだ。その月が、それぞれの教室ごとに、今日一日のドラマがあったことを語りかけているようだという歌であろう。一日の充実を確認すると同時に、無事一日が果てたことへの安らぎも感じ取れる歌。

何より作者の柴田には、デンマークの童話作家アンデルセンへのシンパシーがあるのだろう。貧しい靴職人の子として生まれたアンデルセンは、様々な苦労の末に詩人としてデビューをし、童話作家としての地位を確立したが、神経質で偏屈な側面もあったようである。そんな人柄を敬愛しているからこそ、鍵締め当番の折にこのような歌が思い浮かんだのではないか。

「月となりなむ」の「なむ」は、いかにも古文調だが、強意の「な」は自身に言い聞かせてもいるようでもある。業後一人でアンデルセンの童話の主人公のようにありたいと願っている実感がこもっている。

作者は、静岡県の公立高校に勤める国語教師。ベテランとなり、いろいろと見えてきたことも多いだけに、日常の校務の中で考えさせられることも多いのだろう。

魅力ある学校作りを魅力なき教師の我が一夏思案す

こんな歌には、柴田の性格もほの見える。「魅力なき教師」という自己省察は、単に謙虚というだけでなく、日頃の教師としてのスタンスそのものなのだろう。

「絵のない絵本」という感傷的な括り方は、思えば「生徒のいない生徒棟」というこの歌の情景と相通じる感じもする。アンデルセンの感傷をわが物として生きてきた柴田は、学校や教師の常持つ悲哀というものに敏感な教師なのかもしれない。

「先生も大変ね」などと言ふ声に耳のピアスの説諭を忘る

集中にはこんな歌も。説諭を忘れることがあっても時にはよいだろう。柴田先生の想念は大らかでいつも優しいのである。

（「月刊国語教育」二〇〇九年一〇月号）

柴田典昭歌集　　現代短歌文庫第126回配本

2016年7月20日　初版発行

著者　柴田典昭

発行者　田村雅之

発行所　砂子屋書房

〒101-0047　東京都千代田区内神田3-4-7

電話　03-3256-4708

Fax　03-3256-4707

振替　00130-2-97631

http://www.sunagoya.com

装本・三嶋典東

現代短歌文庫

（　）は解説文の筆者

①三枝浩樹歌集
『朝の歌』全篇
②佐藤通雅歌集（細井剛）
『薄明の谷』全篇
③高野公彦歌集（河野裕子・坂井修一）
『汽水の光』全篇
④三枝昻之歌集（山中智恵子・小高賢）
『水の覇権』全篇
⑤阿木津英歌集（笠原伸夫・岡井隆）
『紫木蓮まで・風舌』全篇
⑥伊藤一彦歌集（塚本邦雄・岩田正）
『瞑鳥記』全篇
⑦小池光歌集（大辻隆弘・川野里子）
『バルサの翼』『廃駅』全篇
⑧石田比呂志歌集（玉城徹・岡井隆他）
『無用の歌』全篇
⑨永田和宏歌集（高安国世・吉川宏志）
『メビウスの地平』全篇
⑩河野裕子歌集（馬場あき子・坪内稔典他）
『森のやうに獣のやうに』『ひるがほ』全篇
⑪大島史洋歌集（田中佳宏・岡井隆）
『藍を走るべし』全篇

⑫雨宮雅子歌集（春日井建・田村雅之他）
『悲神』全篇
⑬稲葉京子歌集（松永伍一・水原紫苑）
『ガラスの檻』全篇
⑭時田則雄歌集（大金義昭・大塚陽子）
『北方論』全篇
⑮蒔田さくら子歌集（後藤直二・中地俊夫）
『森見ゆる窓』全篇
⑯大塚陽子歌集（伊藤一彦・菱川善夫）
『遠花火』『酔芙蓉』全篇
⑰百々登美子歌集（桶谷秀昭・原田禹雄）
『盲目木馬』全篇
⑱岡井隆歌集（加藤治郎・山田富士郎他）
『鵞卵亭』『人生の視える場所』全篇
⑲玉井清弘歌集（小高賢）
『久露』全篇
⑳小高賢歌集（馬場あき子・日高堯子他）
『耳の伝説』『家長』全篇
㉑佐竹彌生歌集（安永蕗子・馬場あき子他）
『天の螢』全篇
㉒太田一郎歌集（いいだもも・佐伯裕子他）
『墳』『蝕』『獵』全篇

現代短歌文庫

（　）は解説文の筆者

㉓春日真木子歌集（北沢郁子・田井安曇他）
『野菜涅槃図』全篇

㉔道浦母都子歌集（大原富枝・岡井隆）
『無援の抒情』『水憂』『ゆうすげ』全篇

㉕山中智恵子歌集（吉本隆明・塚本邦雄他）
『夢之記』全篇

㉖久々湊盈子歌集（小島ゆかり・樋口覚他）
『黒鍵』全篇

㉗藤原龍一郎歌集（小池光・三枝昂之他）
『夢みる頃を過ぎても』『東京哀傷歌』全篇

㉘花山多佳子歌集（永田和宏・小池光他）
『樹の下の椅子』『楕円の実』全篇

㉙佐伯裕子歌集（阿木津英・三枝昂之他）
『未完の手紙』全篇

㉚島田修三歌集（筒井康隆・塚本邦雄他）
『晴朗悲歌集』全篇

㉛河野愛子歌集（近藤芳美・中川佐和子他）
『黒羅』『夜は流れる』『光ある中に』（抄）他

㉜松坂弘歌集（塚本邦雄・由良琢郎他）
『春の雷鳴』全篇

㉝日高堯子歌集（佐伯裕子・玉井清弘他）
『野の扉』全篇

㉞沖ななも歌集（山下雅人・玉城徹他）
『衣裳哲学』『機知の足首』全篇

㉟続・小池光歌集（河野美砂子・小澤正邦）
『日々の思い出』『草の庭』全篇

㊱続・伊藤一彦歌集（築地正子・渡辺松男）
『青の風土記』『海号の歌』全篇

㊲北沢郁子歌集（森山晴美・富小路禎子）
『その人を知らず』を含む十五歌集抄

㊳栗木京子歌集（馬場あき子・永田和宏他）
『水惑星』『中庭』全篇

㊴外塚喬歌集（吉野昌夫・今井恵子他）
『喬木』全篇

㊵今野寿美歌集（藤井貞和・久々湊盈子他）
『世紀末の桃』全篇

㊶来嶋靖生歌集（篠弘・志垣澄幸他）
『笛』『雷』全篇

㊷三井修歌集（池田はるみ・沢口芙美他）
『砂の詩学』全篇

㊸田井安曇歌集（清水房雄・村永大和他）
『木や旗や魚らの夜に歌った歌』全篇

㊹森山晴美歌集（島田修二・水野昌雄他）
『グレコの唄』全篇

現代短歌文庫

（　）は解説文の筆者

㊺上野久雄歌集（吉川宏志・山田富士郎他）
『夕鮎』抄、『バラ園と鼻』抄他

㊻山本かね子歌集（蒔田さくら子・久々湊盈子他）
『ものどらま』を含む九歌集抄

㊼松平盟子歌集（米川千嘉子・坪内稔典他）
『青夜』『シュガー』全篇

㊽大辻隆弘歌集（小林久美子・中山明他）
『水廊』『抱擁韻』全篇

㊾秋山佐和子歌集（外塚喬・一ノ関忠人他）
『羊皮紙の花』全篇

㊿西勝洋一歌集（藤原龍一郎・大塚陽子他）
『コクトーの声』全篇

51青井史歌集（小高賢・玉井清弘他）
『月の食卓』全篇

52加藤治郎歌集（永田和宏・米川千嘉子他）
『昏睡のパラダイス』『ハレアカラ』全篇

53秋葉四郎歌集（今西幹一・香川哲三）
『極光―オーロラ』全篇

54奥村晃作歌集（穂村弘・小池光他）
『鴇色の足』全篇

55春日井建歌集（佐佐木幸綱・浅井愼平他）
『友の書』全篇

56小中英之歌集（岡井隆・山中智恵子他）
『わがからんどりえ』『翼鏡』全篇

57山田富士郎歌集（島田幸典・小池光他）
『アビー・ロードを夢みて』『羚羊譚』全篇

58続・永田和宏歌集（岡井隆・河野裕子他）
『華氏』『饗庭』全篇

59坂井修一歌集（伊藤一彦・谷岡亜紀他）
『群青層』『スピリチュアル』全篇

60尾崎左永子歌集（伊藤一彦・栗木京子他）
『彩紅帖』全篇『さるびあ街』（抄）他

61続・尾崎左永子歌集（篠弘・大辻隆弘他）
『春雪ふたたび』『星座空間』全篇

62続・花山多佳子歌集（なみの亜子）
『草舟』『空合』全篇

63山埜井喜美枝歌集（菱川善夫・花山多佳子他）
『はらりさん』全篇

64久我田鶴子歌集（高野公彦・小守有里他）
『転生前夜』全篇

65続々・小池光歌集
『時のめぐりに』『滴滴集』全篇

66田谷鋭歌集（安立スハル・宮英子他）
『水晶の座』全篇

現代短歌文庫

（ ）は解説文の筆者

67 今井恵子歌集（佐伯裕子・内藤明他）
『分散和音』全篇

68 続・時田則雄歌集（栗木京子・大金義昭）
『夢のつづき』『ペルシュロン』全篇

69 辺見じゅん歌集（馬場あき子・飯田龍太他）
『水祭りの桟橋』『闇の祝祭』全篇

70 続・河野裕子歌集
『家』全篇、『体力』『歩く』抄

71 続・石田比呂志歌集
『孑孑』『忘八』『涙壺』『老猿』『春灯』抄

72 志垣澄幸歌集（佐藤通雅・佐佐木幸綱）
『空壜のある風景』全篇

73 古谷智子歌集（来嶋靖生・小高賢他）
『神の痛みの神学のオブリガード』全篇

74 大河原惇行歌集（田井安曇・玉城徹他）
未刊歌集『昼の花火』全篇

75 前川緑歌集（保田與重郎）
『みどり抄』全篇、『麥穗』抄

76 小柳素子歌集（来嶋靖生・小高賢他）
『獅子の眼』全篇

77 浜名理香歌集（小池光・河野裕子）
『月兎』全篇

78 五所美子歌集（北尾勲・島田幸典他）
『天姥』全篇

79 沢口芙美歌集（武川忠一・鈴木竹志他）
『フェベ』全篇

80 中川佐和子歌集（内藤明・藤原龍一郎他）
『海に向く椅子』全篇

81 斎藤すみ子歌集（菱川善夫・今野寿美他）
『遊楽』全篇

82 長澤ちづ歌集（大島史洋・須藤若江他）
『海の角笛』全篇

83 池本一郎歌集（森山晴美・花山多佳子）
『未明の翼』全篇

84 小林幸子歌集（小中英之・小池光他）
『枇杷のひかり』全篇

85 佐波洋子歌集（馬場あき子・小池光他）
『光をわけて』全篇

86 続・三枝浩樹歌集（雨宮雅子・里見佳保他）
『みどりの揺籃』『歩行者』全篇

87 続・久々湊盈子歌集（小林幸子・吉川宏志他）
『あらばしり』『鬼龍子』全篇

88 千々和久幸歌集（山本哲也・後藤直二他）
『火時計』全篇

現代短歌文庫

（　）は解説文の筆者

89 田村広志歌集（渡辺幸一・前登志夫他）
『島山』全篇

90 入野早代子歌集（春日井建・栗木京子他）
『花凪』全篇

91 米川千嘉子歌集（日高堯子・川野里子他）
『夏空の櫂』『一夏』全篇

92 続・米川千嘉子歌集（栗木京子・馬場あき子他）
『たましひに着る服なくて』『一葉の井戸』全篇

93 桑原正紀歌集（吉川宏志・木畑紀子他）
『妻へ。千年待たむ』全篇

94 稲葉峯子歌集（岡井隆・美濃和哥他）
『杉並まで』全篇

95 松平修文歌集（小池光・加藤英彦他）
『水村』全篇

96 米口實歌集（大辻隆弘・中津昌子他）
『ソシュールの春』全篇

97 落合けい子歌集（栗木京子・香川ヒサ他）
『じゃがいもの歌』全篇

98 上村典子歌集（武川忠一・小池光他）
『草上のカヌー』全篇

99 三井ゆき歌集（山田富士郎・遠山景一他）
『能登往還』全篇

100 佐佐木幸綱歌集（伊藤一彦・谷岡亜紀他）
『アニマ』全篇

101 西村美佐子歌集（坂野信彦・黒瀬珂瀾他）
『猫の舌』全篇

102 綾部光芳歌集（小池光・大西民子他）
『水晶の馬』『希望園』全篇

103 金子貞雄歌集（津川洋三・大河原惇行他）
『邑城の歌が聞こえる』全篇

104 続・藤原龍一郎歌集（栗木京子・香川ヒサ他）
『嘆きの花園』『19××』全篇

105 遠役らく子歌集（中野菊夫・水野昌雄他）
『白馬』全篇

106 小黒世茂歌集（山中智恵子・古橋信孝他）
『猿女』全篇

107 光本恵子歌集（疋田和男・水野昌雄）
『薄氷』全篇

108 雁部貞夫歌集（堺桜子・本多稜）
『崑崙行』抄

109 中根誠歌集（来嶋靖生・大島史洋雄他）
『境界』全篇

110 小島ゆかり歌集（山下雅人・坂井修一他）
『希望』全篇

現代短歌文庫

（　）は解説文の筆者

111 木村雅子歌集（来嶋靖生・小島ゆかり他）
『星のかけら』全篇
112 藤井常世歌集（菱川善夫・森山晴美他）
『氷の貌』全篇
113 続々・河野裕子歌集
『季の栞』『庭』全篇
114 大野道夫歌集（佐佐木幸綱・田中綾他）
『春吾秋蟬』全篇
115 池田はるみ歌集（岡井隆・林和清他）
『妣が国大阪』全篇
116 続・三井修歌集（中津昌子・柳宣宏他）
『風紋の島』全篇
117 王紅花歌集（福島泰樹・加藤英彦他）
『夏暦』全篇
118 春日いづみ歌集（三枝昻之・栗木京子他）
『アダムの肌色』全篇
119 桜井登世子歌集（小高賢・小池光他）
『夏の落葉』全篇
120 小見山輝歌集（山田富士郎・渡辺護他）
『春傷歌』全篇
121 源陽子歌集（小池光・黒木三千代他）
『透過光線』全篇
122 中野昭子歌集（花山多佳子・香川ヒサ他）
『草の海』全篇
123 有沢螢歌集（小池光・斉藤斎藤他）
『ありすの杜へ』全篇
124 森岡貞香歌集
『白蛾』『珊瑚數珠』『百乳文』全篇
125 桜川冴子歌集（小島ゆかり・栗木京子他）
『月人壮子』全篇
126 柴田典昭歌集（小笠原和幸・井野佐登他）
『樹下逍遙』全篇

（以下続刊）

水原紫苑歌集　　篠弘歌集
馬場あき子歌集　　黒木三千代歌集